W0347829

btb

Aus Freude am Lesen

Eine Frau und ein Mann haben den Sommer über miteinander telefoniert, nun treffen sie sich in Venedig. Sie wissen fast nichts voneinander, aber schon bald stellt sich heraus, daß es in ihren Vorgeschichten fatale Überschneidungen gibt. Der Mann kannte Ingeborg Bachmann zu jener Zeit, als diese mit dem Vater der Frau, Max Frisch, zusammenlebte. Je länger die beiden durch Venedig schlendern, umso deutlicher wird ihr: Der Mann muß jenes nicht zu greifende Phantom gewesen sein, an dem ihr Vater in seiner Eifersucht schier zerbrochen war. Die Begegnung in Venedig endet verhängnisvoll. Der Mann flieht – aus Angst, wie er später gesteht, Angst vor Verstrickung –, und die Frau stürzt durch alle bis dahin sicher geglaubten Selbstbilder, »durch alle Spiegel«. Ein bewegendes Zeugnis vom Versuch der Tochter, die schwierige Beziehung zum Vater neu zu sichten und darüber ihre eigene Stimme zu finden.

URSULA PRIESS, Tochter von Max Frisch (1911-1991), geboren 1943 in Zürich, Studium der Literaturwissenschaft. 1966 Wegzug aus der Schweiz, Ausbildung und Arbeit als Heilpädagogin in Schweden, Schottland, Süd- und Norddeutschland. Mitgründerin verschiedener Initiativen (u. a. heilpädagogische Schule in Kiel, sozial-therapeutische Lebens- & Werkgemeinschaft in Lahore / Pakistan). Mutter von vier Kindern. Mehrere Reisen in Europa, Indien und Pakistan, und in die Türkei, wo sie sich längere Zeit niederließ. Heute lebt sie in Norddeutschland und in Berlin. Im März 2011 erscheint ihr neues Buch »Mitte der Welt. Erkundungen in Istanbul«.

Ursula Priess

Sturz durch alle Spiegel

Eine Bestandsaufnahme

btb

MIX
Papier aus verantwortungsvollen Quellen
FSC® C083411
FSC
www.fsc.org

Verlagsgruppe Random House FSC-DEU-0100
Das für dieses Buch verwendete
FSC®-zertifizierte Papier *Munken Pocket* liefert
Arctic Paper Munkedals AB, Schweden

1. Auflage
Genehmigte Taschenbuchausgabe Januar 2011,
btb Verlag in der Verlagsgruppe Random House GmbH, München
Copyright © der Originalausgabe 2009 by Ammann Verlag & Co., Zürich
Umschlaggestaltung: semper smile, München, unter Verwendung des Originalumschlags von Rothfos & Gabler, Hamburg
Umschlagillustration: Giusto di Giovanni de' Menabuoi, Die Bestie, die aus dem Meer steigt, 1360-1370 (Fresko), Padua, Italien / Alinari / The Bridgeman Art Library
Druck und Einband: CPI – Clausen & Bosse, Leck
UB · Herstellung: SK
Printed in Germany
ISBN 978-3-442-74120-5

www.btb-verlag.de

Obwohl die Züge meines Porträts wechseln und sich vielfach wandeln, bleiben sie doch stets wahrheitsgetreu. Die Welt ist nichts anderes als ein ewiges Auf und Ab. Alles darin schwankt ohne Unterlass: (...) So vermag ich den Gegenstand meiner Darstellung nicht festzuhalten, denn auch er wankt und schwankt in natürlicher Trunkenheit einher. Deshalb nehme ich ihn jeweils so, wie er in dem Augenblick ist, da ich mich mit ihm befasse. Ich schildere nicht das Sein, ich schildere das Unterwegssein: (...) Ich muss mich mit meiner Darstellung nach der Stunde richten, könnte ich mich doch bald wieder verändern, durch Vorsatz nicht minder als durch Zufall. Dies hier ist also das Protokoll unterschiedlicher und wechselhafter Geschehnisse sowie unfertiger und mitunter gegensätzlicher Gedanken, sei es, weil ich selbst ein anderer geworden bin, sei es, weil ich die Dinge unter andern Voraussetzungen und andern Gesichtspunkten betrachte. Daher mag ich mir zwar zuweilen widersprechen, aber der Wahrheit (...) widerspreche ich nie.

Michel de Montaigne

I

Hab die ganze Nacht geträumt, daß am Tag du zu mir kämst,
Und den ganzen Tag gehofft, daß du nachts im Traum erschienst!

Haidar Kalicha

Der Frisch also, der ist Ihr Vater!?

Sie erschrak – daß er nicht Max Frisch sagte, auch nicht Herr Frisch, und vor allem: in welchem Ton er es sagte! Aber auch er schien erschrocken. Sie schaute weg.

Bis dahin war es ein Spiel gewesen, mehr nicht. Sie hatten den Sommer über miteinander telefoniert; immer wieder hatte er sie angerufen. Ihr gefiel, angerufen zu werden von ihm. Immer öfter. Bis in den Herbst hinein. Von verschiedenen Orten rief er an, auch von unterwegs, aus dem Auto, aus dem Zug, von der Jagd. Sie würde ihn nie anrufen, versprach sie ihm schon sehr bald; ohne daß er darum gebeten hatte.

Sie mochte seine Anrufe; sie waren lustig und leicht, oft mußte sie schallend lachen über das, was er erzählte; einmal, an einem Sonntagmittag, aus den slowenischen Wäldern: Heute in der Früh hab ich einen Hirsch geschossen, und jetzt bin ich sehr glücklich, nu, da dachte ich an Sie und habe Sie angerufen...

Und wenn sein Anruf für mehrere Tage ausblieb, fing sie an zu warten; bei jedem Klingeln ihn zu erwarten; und wenn das Telefon stumm blieb, mit halbem Ohr zu lauschen, ob es nicht doch endlich läute; und gleichzeitig sich zu fragen, ob sie ihn vielleicht gelangweilt habe beim letzten Anruf und er nun keine Lust mehr verspüre, mit ihr weiterzuplaudern.

Oft morgens schrieb sie auf, was sie in der Nacht geträumt hatte oder am Abend gelesen, von dem sie glaubte, es könnte ihm, wenn sie es ihm beim nächsten Anruf erzähle, gefallen. Alles, was sie in jenem Sommer las, all die Texte, die sie für ihre Istanbul-Anthologie zusammensuchte, las sie immer auch im Hinblick darauf, was sich eigne, ihm zu erzählen.

Und dann eben: Ich möchte Sie gerne sehen, ich möchte Sie treffen irgendwo und sprechen mit Ihnen. Natürlich, sie hatte gehofft, daß es dazu käme. Auch sie wollte es.

Venedig bot sich an: jene Ausstellung interessierte sie beide, *Venezia e l'Islam* – ihn als Sammler von Kunstgegenständen aus dem islamischen Raum, und sie, die während ihrer Arbeit oft auf Venedig gestoßen war, wollte sehen, wie von der Lagune aus auf Istanbul geschaut wird.

Aber dann war sie hingefahren, um ihn zu sehen, vor allem deshalb.

Bei der Markus-Säule, als sie näher kam, sah sie keinen, der ausschaute wie er; obwohl sie eigentlich nicht mehr wußte, wie er aussah. Über ein Jahr, seit sie sich gesehen hatten, zum ersten und einzigen Mal bei jener Ausstellungseröffnung. Er hatte über die kostbaren alten Seidenstickereien aus Zentralasien gesprochen, von ihrer Herstellung und ihrem Gebrauch, von der Bedeutung der Ornamente und, was ihr sehr gefiel, von den möglichen Geschichten, die mit den jeweiligen Stücken verbunden sein mochten – wer waren die Stickerinnen, wer die Auftraggebenden, welche Feste in welchen Familien mögen sie geschmückt haben, und auch: wer brachte sie über welche Wege nach Rußland, nach Europa, nach Indien, wer waren sie, die sie nach Israel mitnahmen. Insbesondere aber fand sie bezaubernd, daß er sich nicht scheute, seine Begeisterung für die Schönheit dieser Textilien zum Ausdruck zu bringen, ihre Farben und Formen, den sanften Seidenglanz der Stickerei, und daß er über die eine oder andere mit der Hand strich, fast zärtlich, so schien es ihr.

Natürlich würde sie ihn sofort erkennen, war sie sich sicher.

Einmal ging sie um die Säule herum, schaute sich um, dann schaute sie hinaus aufs Wasser – was, wenn er nicht käme!

Er komme nicht, hatte sie geträumt; und überlegt, ob sie die Reise absagen sollte. Endlich die Illusionen fahrenlassen! Aber dann: Was immer sein wird – pack die Chance beim Schopf! Und falls er nicht kommt? Denk dir aus, wie es hätte sein können.

– Nu, da sind Sie ja!

Diese Stimme, die sie verzaubert hatte den Sommer über, verführt und verlockt – als sie ihm nun gegenüberstand, war sie überrascht – wie fremd ist ihr dieser Mann! Trotzdem sagte sie:

– Wie schön, daß Sie tatsächlich gekommen sind. Worauf er sie umarmte – sie staunte: daß es so leicht geht; daß es so ist, wie es nun ist.

– Warum sollte ich nicht kommen, wenn ich sage, ich komme –

Er lachte, seine Augen glitzerten; auch sie lachte.

Und alles schien sehr leicht und sehr einfach.

Aber dann beim Aperitif im »Florian«:

Ein Mann und eine Frau, beide nicht mehr jung, beide mit einer langen Geschichte – einer je eigenen, die sie voneinander nicht kennen. Der Zauber des Nichtwissens, dies vor allem schien verlockend, ließ vieles möglich erscheinen, Tanz auf dem dünnen Eis der Gegenwart.

Einzig seine Frage: Wenn sie beide ihre je eigenen Welten für eine kurze Zeit verlassen, ob sie sich vorstellen könne, daß eine neue dritte gemeinsame möglich sei.

Sie saßen an einem Tischchen vorne am Fenster, der Kellner fragte, was sie trinken – er einen Whisky, sie einen Sherry – nicht einmal, wer was trinkt, wußten sie voneinander; noch hatten sie sich nie zusammen erfahren, zum Beispiel beim Aperitif – und als er dem Kellner sagte, welchen Whisky und wie er ihn haben möchte, hörte sie ihn zum ersten Mal Italienisch sprechen, mit einer, wie sie fand, liebenswert tänzerischen Intonation, weich und geschmeidig.

Welche Sprachen er noch spreche, außer eben Deutsch und Italienisch. Dreisprachig, von Kindsbeinen an, erfuhr sie und fragte nach dem Dreiländereck, von dem er ihr am Telefon oft erzählt hatte; jene bergige Gegend, wo Kärnten und Friaul zusammentreffen mit dem kleinen Land am nordwestlichen Rand des nicht mehr existierenden Jugoslawien. Was das Besondere dort sei, wie und ob sich die Völker mischen, was sie unterscheide, was sie verbinde.

– Nu, da Sie mit Literatur zu tun haben, kennen Sie ja vielleicht die Ingeborg Bachmann.

– Ingeborg Bachmann? Ja natürlich kenne ich sie; und da sie einmal die Lebenspartnerin meines Vater gewesen ist, kannte ich sie auch persönlich, ein bißchen jedenfalls.

Warum hat sie ihm das gesagt – wozu!

Schon einmal an jenem Morgen, als sie durchs festlich prangende Venedig flanierten, hatte sie etwas Derartiges gesagt. Sie hatte ihm von Istanbul erzählt, der Stadt, in der sie gelebt hatte und glücklich war; nicht welcher Art ihr Glück dort war, erzählte sie, aber daß sie diese Stadt liebe, daß es ihre Stadt geworden sei. Von allem Anfang an sei es so gewesen. Viele glückliche Zufälle hätten sich ihr dort zugespielt – Kismet, Sie kennen es sicher, dieses Wort, das Zufall und Glück vereint; vergleichbar vielleicht dem englischen *chance,* obwohl anders gewichtet, weniger Eigeninitiative scheint im *kısmet* zu liegen, mehr Fügung, sagte sie und schaute zu ihm, wie er es nähme. Schicksal, auf Türkisch *kader,* wäre ein zu schweres Wort dafür, zu tragisch, zu tiefgreifend.

Sein Lächeln deutete sie als Ermunterung zum Fortfahren, und also plauderte sie weiter:

– Kaum in Istanbul, schon in den ersten Tagen, ja, es war wie im Traum! Stellen Sie sich vor, in dieser 15-Millionen-Stadt – ich kannte niemanden, keinen einzigen Menschen – zufällig traf ich dort eine Bekannte, die auf Bildungsurlaub war mit ihren Kollegen; und sie fragte mich, ob ich abends mitgehen wolle zu einem Vortrag über neuere türkische Literatur.

Noch immer lächelte er, neben ihr gehend, immerzu sie unter dem Arm fassend, leicht und zart, kaum zu spüren, nur eben so, daß über die feine Berührung immer auch anderes mitschwang.

– Natürlich wollte ich mitgehen, fuhr sie fort, obwohl sie sich nicht mehr so sicher war, ob es ihn interessierte. Und nach dem Vortrag ging ich auf die Frau, die ihn gehalten hat, zu und sprach sie an. Ich war ziemlich mutig damals, oder eben übermütig, ich traute mich viel – jedenfalls nach dem Vortrag fragte ich die Frau, ob sie eine Wohnung für mich wüßte, ich hätte vor, mich ganz in Istanbul niederzulassen. Und tatsächlich: in ihrem Haus stand eine leer – wenn das nicht ein glücklicher Zufall war! Allerdings bezog ich dann eine andere Wohnung, auch im Stadtteil Cihangir, eine aber mit jenem traumhaften Blick aufs Goldene Horn und hinüber nach Stambul, jener klassischen Silhouette mit all den Minaretten und Kuppeln, die Sie von Abbildungen her sicher kennen.

So hätte es sein können. So hätte sie auch weitererzählen können von ihrem Glück in Istanbul. Aber so war es nicht. Statt dessen erwähnte sie, daß der Vortrag auf Deutsch gehalten war, die Vortragende ein hervorragendes Deutsch sprach, absolut fehlerfrei, und daß sie übersetzt, deutsche Literatur ins Türkische, und daß sie auch von ihrem Vater etwas übersetzt habe – der nämlich ein gar nicht so unbekannter Schriftsteller sei, sagte sie – sie sagte es, als ob sie ein As ausspiele, ein As, das alles andere sticht.

Noch sehe ich die Sprünge in den großen Steinplatten vor mir, über die sie gingen, als sie es sagte.

Aber der Herr neben ihr fragte nach keinem Namen – seine dezidierte Nicht-Neugier überraschte und verunsicherte sie, und sie beeilte sich, von jener Übersetzerin weiterzuerzählen:

– Stellen Sie sich vor, Sie sind in einer Stadt, in der Sie niemanden kennen, fünfzehn Millionen Einwohner mindestens, wie viele es wirklich sind, weiß niemand so genau – genau das hatte sie ihm schon einmal gesagt! –, und da treffen Sie zufällig jemanden, der Sie in jene Kreise einführt, die Sie vor allem interessieren. Diese Frau hat mir viele Türen geöffnet und mich überallhin mitgenommen, sie machte mich bekannt mit Künstlern, Schriftstellern, Dichtern, Journalisten. Aber es wäre gelogen, trotz allem Glück, daß es nur leicht war. Anfangs war ich oft sehr einsam, bin stundenlang hügelauf und -ab gegangen, indem ich die Stadt durchwanderte, habe ich sie mir erobert; und so ist sie schließlich meine geworden...

Als zwischen Säulen hindurch der Markusplatz wieder sichtbar wurde, ihre sekundenkurze Überraschung, daß sie ja in Venedig ist, mit ihm, dem großen, fremden Mann; und ich sehe, wie sie sich nun von seinem Arm löst, über die paar Stufen hinabspringt und sich zurückdreht, ihn anschaut, aus zwei Schritt Entfernung, verwundert über sich und über ihn, und sich plötzlich nicht mehr vorstellen kann, wohin das noch führen soll; dann aber lacht:

– Glücklicher Zufall, zufälliges Glück, beides in einem, das ist, was ich meine mit *kısmet!*

Worauf auch er lachte.

Und im Gehen schräg über den Markusplatz, seine Frage, warum ausgerechnet nach Istanbul, warum nicht anderswohin.

– Ich mußte weg, weg aus Deutschland, aus sehr persönlichen Gründen. Vielleicht erzähle ich Ihnen ein anderes Mal mehr davon – sie ging also bereits von einem weiteren Treffen aus! –, vor Istanbul hatte ich es bereits in Rom versucht.

Als sie Rom sagte, huschte etwas über sein Gesicht, das

sie nicht deuten konnte, und in seinen Augen sah sie ein seltsames Flackern – aber den hauchfeinen Riß in der noch immer sehr dünnen gemeinsamen Gegenwart übersprang sie:

– Was ich in Rom suchte, wußte ich damals nicht. Nur, daß ich etwas suchte. Ich ließ mich treiben, hierhin und dorthin, suchte die alten Orte auf, die ich von früher kannte. In meiner Jugend war ich oft in Rom gewesen, stellte nun aber fest: Rom ist nicht mehr Rom, es hat sich sehr verändert; mein Rom jedenfalls war es nicht mehr.

– Inwiefern verändert?

– Nicht mehr in erster Linie italienisch war es, sondern sehr europäisch geworden.

– Ach ja?

– Sie haben recht, wir befinden uns auf einem der herrlichsten Plätze der Welt – und ich rede und rede immerzu von anderen Orten!

4. Dezember 1991 Rom: CAMPO DEI FIORI

In einer Bar, draußen ist es regnerisch und kühl, drinnen klamm, Holzspäne auf dem Steinfußboden (oder ist es Sägemehl?) wegen der Nässe. Nachdem ich an der Theke einen heißen Tee und eine Spremuta d'Arancia bestellt habe, sagt jemand von hinten, in allerbreitestem Zürichdeutsch, meinen Namen, den von früher. Ich drehe mich um und sehe einen Mann meines Alters, der mich erwartungsvoll anschaut – ich kenne ihn nicht.

Er habe mit mir zusammen in Zürich studiert; sogar die Kurse, die wir besuchten, weiß er noch... Noch immer erinnere ich mich nicht an ihn.

Als ich mich mit meinem Orangensaft zu ihm ans Tischchen setze, erfahre ich: er habe mich bewundert damals. Ich war einer deiner Bewunderer.

Bewundert wofür?

Du warst die schöne, unnahbare Tochter von Max Frisch, für die sich alle (wie viele?) interessierten damals.

Am liebsten wäre ich sofort gegangen. Aber ich trank meine Spremuta und fragte, was er in Rom mache. (Ich fragte nicht, woran er mich nach fast dreißig Jahren wiedererkannt habe.) Ein Jahr lang habe er für ich weiß nicht mehr was recherchiert, und nun sei er fast schon im Aufbruch zurück in die Schweiz.

Du hast hier eine Wohnung?

Ja, gehabt! Warum – suchst du eine?

Die Wohnung gleich hinter dem Campo dei fiori, für die er zur Nachmiete jemand suchte, liegt in einem Haus in einer sehr engen Gasse: Hohe schmale Räume mit dunklen Möbeln, die Fenster mit Blick auf die fast greifbar nahe Häuserwand gegenüber; Sonne, bestätigte er mir, komme tatsächlich nie direkt herein...

Was ich bereits geahnt habe, nun weiß ich es sicher: Rom wird es nicht sein!

– Sie wollten mir vom Dreiländereck erzählen, wie es sich dort lebt, wie die Menschen dort sind.

– Ja, was die Ingeborg Bachmann gesagt hat, wollte ich Ihnen erzählen; sie ist ja von dort, wie Sie vielleicht wissen, aus Klagenfurt.

– Heißt das, Sie kannten Ingeborg persönlich?

– Ja, ich kannte sie persönlich.

Mehr sagte er nicht, sondern zog aus seiner Tasche eine Handvoll Fotografien: Berge, endlos viel Wald, ein kleiner See, auch Leute von dort – seine Jagd- und Trinkkumpane seien sie, sagte er –, urige Gesellen, manche mit landestypischen Hüten auf dem Kopf, sitzen sie in einer holzgetäfelten Stube, Jagdhörner an der Wand. Und mehrmals ein Haus, das er Hütte nannte, umgeben von Wiese und Wald – jener Ort, von dem aus er sie oft angerufen habe. Einmal rief er an, die Nacht sei so sternenklar, da habe er an sie gedacht und daß doch schön wäre, wenn die Frau Ursula jetzt bei ihm wäre.

– Aus Ihren Erzählungen dachte ich mir diesen Ort sehr viel bergiger, wilder.

– Nu, das ist ja nicht die Schweiz – oder sagte er: wie Ihre Schweiz? Später, nachdem er sämtliche Fotos gezeigt und kommentiert hatte, während er sie wieder einpackte:

– Warum eigentlich sind Sie aus der schönen Schweiz weg?

– Wegen meiner Arbeit. Zuerst nach Schweden, dann Schottland, schließlich haben wir in Norddeutschland eine heilpädagogische Schule aufgebaut und sind dort geblieben. Aber eigentlich bin ich damals weg, weil es für mich in der Schweiz keinen Platz gab – so jedenfalls sehe ich es heute.

9. Februar 2004 Berlin: DAS BOOT IST VOLL

Max verstand nicht, inwiefern mir eine Crux war, seine Tochter zu sein und seinen Namen zu tragen. Immerhin, du brauchst dich meiner nicht zu schämen, weder bin ich ein alter Nazi noch ein Kapitalistenschwein – nein, er sagte: ein Bonze, der Waffen produziert –, was er produziere, sei nicht menschenverachtend, er beute niemanden aus.

Ja, er hatte recht, so gesehen.

Erst als er begeistert von einem neuen Film sprach, der wohl zum ersten Mal unüberhörbar die Schweiz im Umgang mit den Flüchtlingen aus Deutschland während der NS-Zeit zum Thema hatte und eine Welle lostrat von kontroversen Diskussionen über das Schweizer Selbstverständnis in jener Zeit und wie nach dem Krieg mit dieser Schuld umgegangen wurde, erst als Max mir den Namen des jungen Schweizer Filmemachers nannte, da endlich konnte ich mich ihm verständlich machen:

Schau, ich kenne ihn. Wir haben zusammen studiert. Ein Kommilitone übergab mir, nach einer Vorlesung im Audimax, einen zusammengefalteten Zettel: Nein, nicht von mir, sagte er, sondern von einem Freund, der mich bat, ihn dir zu geben.

Warum gibt er ihn mir nicht selbst?

Weil er sich nicht traut.

Als ich den Zettel auffaltete: Schöne Unbekannte! – so, glaube ich, begann der Brief, oder vielleicht ganz ohne Anrede. Aber er schrieb, was ich nie vergessen habe: Im Februar hätten die noch laublosen Buchenwälder, wenn es Abend wird, die Farbe meiner Haare; und er schrieb auch, daß er mit Erde unter den Fingernägeln zur Welt gekommen sei... Mir gefiel, wie er schrieb, und, das vor allem: daß ich ihm gefiel, so wie er mich sah – ohne Namen.

Natürlich verstand Max, wie ich es meinte. Und wollte noch wissen, warum es zwischen dem Briefeschreiber und mir damals nichts weiter geworden ist.

Heute sah ich ihn wieder: auf der Berlinale.

Sein berühmtes Werk wurde in der Retrospektive gezeigt. Ein Mäzen hat eine neue Kopie ermöglicht von dem fast schon verschollenen Film, nur noch eine einzige Kopie soll vorhanden gewesen sein, die Filmrollen in miserablem Zustand.

Ich hätte ihn nach der Vorführung gerne angesprochen, aber die Menschentraube um ihn herum, adorierend – ich ließ es sein. Was weiß ich, ob er überhaupt bereit oder in der Lage gewesen wäre, an diesem ›seinem‹ heutigen Abend auf der Berlinale, einen Funken Erinnerung aufkommen zu lassen an so lange vergangene Zeit.

Bei einem Essen, vor sehr vielen Jahren in Berlin-Kreuzberg, in einer Dachwohnung, eigentlich einem ausgebauten Dachstuhl, ich erinnere die sichtbaren Balken in großem Raum, sechs bis acht Leute an einem langen Tisch, sicher war das Essen sehr gut, die Gastgeber sind berühmt für ihre Küche, und für ihre Gelage. Ehedem waren sie mit Max befreundet, als er noch in Berlin lebte, und zusammen sind sie, wie auch immer diese Idee zustande gekommen sein mochte, nach Island gereist; eine Reise, von der ich nur wußte, sie endete problematisch. Max hatte mir andeutungsweise erzählt, sie hätten sich angesichts der praktischen Herausforderungen so sehr zerstritten – waren sie in dem unwirtlichen Land tatsächlich mit Zelt unterwegs gewesen? –, daß sie sich danach nie wieder getroffen haben.

Unversehens bei dem Essen geriet ich ins Kreuzfeuer, fand mich zunehmend attackiert und mit Vorwürfen überschüttet wegen des grauenhaften Benehmens meines Vaters auf Island, mir wurde vorgehalten, oder eben vor Augen geführt, wie absolut unmöglich, unsozial, unmenschlich er war.

Die über mich hinwegdonnernde Lawine, die kein Ende nahm – vielleicht, weil ich nicht verstand, mich zur Wehr zu setzen und klarzustellen: ich bin nicht er! – verschlug mir die Sprache, dann brach ich in Tränen aus, die ich nicht länger zurückhalten konnte.

Ob ich überstürzt geflohen bin oder mich doch habe trösten lassen und zurück an den Tisch führen von der Gastgeberin oder jener, die mich dorthin mitgenommen hatte?

9. März 2006 Zürich: IM LIFT

Nach der Jury-Sitzung im Max Frisch-Archiv an der ETH, bei der wir uns über mögliche Kandidaten für den Max Frisch-Preis ausgetauscht und abgesprochen haben, fahren wir im Lift hinab ins Erdgeschoß. Das heißt: wir, die wir sonst im Leben nichts miteinander zu tun haben (genauer: ich nicht mit ihnen), stehen für diese kurze Zeit relativ nahe beieinander und schweigen. Jenseits des Geschäftlichen haben wir uns nichts zu sagen. Niemandem fällt ein erlösendes Wort ein, das über die momentane Enge im Lift hinweghelfen würde; mir schon gar nicht.

Andere Male fiel ein Wort zur eben gerade aktuellen politischen Situation in der Schweiz; oder der eine stellte die Frage, die er fast jedes Mal stellt: Wie es meiner Mutter gehe.

Dieses Mal im Lift schweigen wir. Bis einer – der einzige in dieser Runde, mit dem ich per du bin und den ich wirklich mag, mit dem ich mich in einer fernen freundschaftlichen Art verbunden weiß, die jenseits seiner Freundschaft mit Max, so schien mir immer, existiert – er schaut interessiert auf meinen pakistanischen Wollschal, ein feinwollenes, an Rändern und Ecken besticktes Tuch, das ich mir um Hals und Schultern gelegt habe; er nimmt einen Zipfel in die Hand, schaut genauer, sagt: Und ich dachte schon, du trägst in deinen Schal eingestickt ein Wappen!

Ja genau, daß du das denkst von mir, daß du es für möglich hältst, daß du ein Paisleymuster auf meinem Schal für ein Wappen halten kannst, dies allerdings verdankst du Max. Durch ihn schaust du auf mich, oder eigentlich durchs Bild, das Max noch nicht einmal von mir, sondern von meiner Mutter fabriziert hat – obwohl auch sie niemals irgendwo Wappen oder ähnliches trug.

Ja, du hast recht, ich bin auf Max hereingefallen!

29. März 2007 Zürich: ANGEKOMMEN AM FLUGHAFEN

Blick auf den Fahrplan der Züge: bis zur Abfahrt der S 16 ist noch etwas Zeit. Ich gehe hinüber zum Kiosk, und von weitem schon springt mir ins Auge: Max und Fritz in der Kronenhalle, lachend die beiden! Jenes altbekannte Bild, auf dem Titelblatt der Weltwoche – einmal wieder.

Wieder einmal, kaum in der Schweiz: er ist unausweichlich omnipräsent.

– Warum aber sind Sie dann nach Istanbul?

– Weil in der dortigen Gesellschaft einiges anders ist, besonders das Verhältnis zwischen den Geschlechtern.

– Inwiefern, meinen Sie, ist es anders?

– Später einmal werde ich es Ihnen vielleicht genauer erzählen. Eigentlich ist es eine sehr persönliche Frage, eine sehr intime, für die ich damals eine Antwort suchte – was ich so genau noch gar nicht wußte, als ich mich in Istanbul niederließ.

– Und, haben Sie die Antwort gefunden dort?

– Ja, aber meine Frage war eine andere, als Sie, nach Ihrem Lächeln zu schließen, vielleicht meinen. Eine Frau zu sein oder ein Mann hat dort, jedenfalls nach meiner Erfahrung, eine andere, sehr viel stärkere Bedeutung im täglichen Leben, auf der Straße, in Geschäften, in Ausstellungen, auf Parties, wo auch immer, und sei es nur, daß Sie auf der anderen Bosporusseite, in Üsküdar zum Beispiel, aus dem Fährboot aussteigen, immerzu spielt es eine sehr zentrale Rolle.

– Sie meinen die Distanz zwischen den Geschlechtern in den orientalischen Gesellschaften?

– Ach, ganz im Gegenteil, ich meine die permanente Präsenz der Spannung zwischen den Geschlechtern, die ständige Anwesenheit des Phänomens, ein Mann oder eine Frau zu sein – was in Mitteleuropa doch nur noch sehr marginal spürbar ist und, ehrlich gesagt, mir als eine viel größere Distanz erscheint.

Er lächelte, schweigend.

– Anders jedenfalls ist dort auch, einen Vater zu haben, selbst einen Vater wie den meinen. Es ist kein Problem. Alle haben einen Vater, was auch immer der sonst noch macht, beruflich, privat, die familiäre Bindung steht außer Zweifel, ob die einzelnen sich mögen oder nicht, sich verstehen oder nicht, unter einem Dach leben oder nicht, es spielt keine Rolle, denn ein Vater ist ein Vater und eine Tochter ist eine Tochter, und insofern…

Nachtrag zur STELLVERTRETERIN: LEW KOPELEW

In Berzona, im Sommer 1981, fand ich auf dem Kaminsims *Und schuf mir einen Götzen* von Lew Kopelew, Max mit sehr warmen Freundschaftsworten gewidmet. Über die Warmherzigkeit dieser Widmung staunte ich (leider weiß ich den genauen Wortlaut nicht mehr), und auch über den Lebensbericht dieses leidenschaftlichen Kommunisten, der in früher Sowjetzeit bereit war, für die kommunistischen Ideen zu kämpfen und sein Leben einzusetzen zum Wohle der Menschen, bis er schließlich, während und nach dem Zweiten Weltkrieg, durch schmerzhafte Erfahrung zur Erkenntnis gezwungen, sich eingestehen mußte, daß dieser Weg, der eigenes Denken nicht vorsah, nicht zum ersehnten Ziel führen konnte.

Ich sehe mich in jenem Sommer, wann immer die familiären Verpflichtungen es zuließen, das Buch verschlingen, im Schatten unter einem Kastanienbaum, abends auf der Loggia, nachts im Bett; und berührt hat mich sehr, daß mein Vater mit diesem Menschen offenbar in Freundschaft verbunden war.

Als Max gegen Ende unserer Ferien in Berzona auftauchte, fragte ich ihn nach Lew. Er sprach mit großer Hochachtung von ihm und mit großer Dankbarkeit, erzählte, daß der mutige Freund ihn, den Schriftsteller-Gast aus dem Westen, in Moskau herumgeführt habe und sich nicht fürchtete, immer wieder mit ihm sich sehen zu lassen, im Gegenteil, diesen Westkontakt als Schutz für seine eigene Person verstand.

Ein paar Jahre später, auf einer Fahrt von Berzona die kurvenreiche Straße durchs Onsernone-Tal hinab nach Locarno, erwähnte Max ihn noch einmal, als wir über Varianten von selbstgewähltem Tod sprachen. Eine ziemlich sichere Möglichkeit wäre, in einer der Kurven, damals noch ohne Leitplanken, nur mit einzelnen Granitblöcken markiert, das Steuer *nicht* zu drehen, die Kurve also nicht zu nehmen, sondern über die Felswand hinab sich dem freien Fall zu überlassen. Dieser Versuchung widerstehen zu können, sagte Max, schulde er Lew und all den vielen, die er nicht kenne, die in den Arbeitslagern waren oder noch immer sind. Ihnen gegenüber fühle er sich verpflichtet, es nicht zu tun, sich nicht aus einer momentanen persönlichen Bedrängnis heraus aufzugeben, seit er von Lew wisse, daß von dem, was er, Max, geschrieben habe, dort in den Lagern weitergereicht werde, oft sogar in handschriftlichen Kopien, als etwas, woraus die Menschen dort Mut schöpften, um durchzuhalten. Daß er, ein Privilegierter, der zensurlos, einzig seinem eigenen Gewissen verpflichtet, denken und schreiben könne, sich leichtfertig vernichte, wäre vor ihnen nicht vertretbar.

Als ich Mitte der 80er Jahre Lew Kopelew, den ich nur von Abbildungen kannte, in der Kunsthalle Düsseldorf die Treppe herabkommen sah, ging ich auf ihn zu, spontan, wie ich es selten kann, und sagte ihm, daß mein Vater so wunderbar von ihm erzählt habe, worauf in den Augen des weißhaarigen alten Mannes ein so schönes Strahlen aufleuchtete, daß mir, ja, warm ums Herz wurde und ich mich bei ihm, den ich nicht kannte, väterlich aufgehoben fühlte. Das wenige, das wir sprachen, erinnere ich nicht, nur daß er bedauerte, nicht mehr in Kontakt zu sein mit Max oder kaum noch, seit er nicht mehr in Rußland lebte; und natürlich gab er mir Grüße mit nach Zürich.

Ohne ihn jemals wiedergesehen zu haben, war mir, als ich die Nachricht von seinem Tod in der Zeitung sah, 1997, fast, als ob ich noch einen Vater verloren hätte.

13. Mai 2006, unterwegs nach Italien: BÜNDNER NUSSTORTE

Im Hinterrheintal, als ein Gasthof, etwas erhöht über der Straße, sichtbar wird, schere ich rechts aus.

Damals auf dem Weg nach Berzona sagtest du, du hieltest hier immer eine Rast; und als wir in die bäuerlich rustikale Stube eintraten und dich die Wirtsleute mit

Namen begrüßten: Ja, die kennen mich hier, ganz einfach weil ich immer eine Nußtorte kaufe, die beste hier im Tal, sie backen sie selbst.

Während ich meinen Kaffee trinke und aus dem Fenster blicke, ins Tal, das mir heute sehr viel enger erscheint als damals, als ich noch in der Schweiz lebte, bin ich mir doch nicht mehr so sicher, ob es tatsächlich hier war. Und stelle auf der Weiterfahrt Richtung San Bernardino fest, daß zu jedem Dorf, das ich auf der neuen Schnellstraße nicht mehr passiere, sondern daran vorbeirausche, eine Abzweigung nach rechts oben führt, wo immer auch ein Gasthaus steht.

Die letzte Ortschaft vor dem Tunnel muß es gewesen sein, erkenne ich, kurz bevor ich in den Berg hineinsause. Und sage mir: Auf der Rückfahrt werde ich hier haltmachen und eine Nußtorte kaufen.

14. Mai 2006 Padova, nachmittags auf der Piazza Cavour: GOLDENE OHRCLIPS

Am Tischchen mir gegenüber drei Damen beim Campari, alle drei sehr elegant gekleidet und frisiert, nach bester italienischer Manier, auch ihre Art, sich zu unterhalten, der Tonfall, die Gesten, die Blicke – mich überrascht, wieder einmal in diesem Land, das ich seit Max' Todesjahr nicht mehr besucht habe, in dieser Stadt hier, die ich bis heute nie betrat, daß es sie noch immer gibt – die reine, pure *italianità*.

Bald ist Zeit für den Corso, noch sitzen sie plaudernd vor den Bars, Alte, Junge, Paare mit und ohne Kinder, sonntäglich herausgeputzt, nur die Mode ist verändert, aber die Männer, hinter den Frauen herschauend, wie eh und je: alles an diesem goldenen Sonntagnachmittag hier ist noch immer so, wie ich Italien von damals kannte. Eine der drei Damen, sehe ich, trägt goldene Ohrclips, halbkugelförmig – exakt wie jene, die Max mir damals geschenkt hat. War es zur Zeit, als er in Rom lebte? Sechzehn, siebzehn, achtzehn Jahre muß ich gewesen sein. Hatte er die schönen Frauen Italiens vor Augen, als er sie für mich aussuchte?

Ich verstand ihn damals nicht, sein Geschenk zeigte mir: Er hat keine Ahnung, was mir gefällt und was mich schmückt.

14. Mai 2006, im (rotgoldenen) Abendlicht auf der Autostrada nordwärts fahrend, fiel mir ein: MAX' UNRUHE DAMALS

Anfang der 60er Jahre muß es gewesen sein, mitten in der Nacht, wir kamen aus Rom – eigentlich hatte Max in einem Rutsch durchfahren wollen bis Zürich; der Aufbruch war hastig gewesen, ob früher als geplant, erinnere ich nicht, aber seine Unruhe, wortlos, und du weißt: Sprich ihn nicht an jetzt, sag nichts, versuch mit keinem Wort ihn zu mildern, du kannst es nicht, du nicht!

Er hatte nur gesagt, wir sollten bald aufbrechen, damit

wir vor der Nacht noch über den Gotthard kämen, mehr nicht. In Windeseile sehe ich mich meine paar Sachen einsammeln, es muß später Vormittag gewesen sein, bereits lag gleißendes Licht, die Mittagshitze ankündigend, über der Stadt. Warum er so plötzlich aufbrechen mußte, sagte er nicht. Ich wußte nur, die Strecke bis Zürich, ab Mailand damals noch ohne Autobahn, der Gotthardtunnel noch nicht gebaut, war selbst in seinem Fiat Cabrio 1500 lang.

Unterwegs ließ seine Unruhe etwas nach. Das Autofahren, ja, es mache ihm Spaß in Italien, das Spielerische des Fahrstils; und die Straßenführung durch den Apennin, wie kühn sie sie in die Landschaft gelegt haben, und all die Tunnel und Brücken, ganz selbstverständlich stehen sie dort, eine nach der anderen – wohingegen in der Schweiz über jeden einzelnen Bauabschnitt berichtet werde, als ob Brücken und Tunnel nur in der Schweiz zu bauen wären und nur sie, die Schweizer, es zu tun verstünden.

Trotzdem brauchten wir länger als gedacht.

Irgendwann, es war längst dunkel – ich war wohl eingeschlafen unterwegs –, schrak ich auf, als Max plötzlich von der Straße abbog und ein Motel ansteuerte. Er wolle nicht riskieren, mich nicht heil bei meiner Mutter abzuliefern. Ich verstand, daß er zum Weiterfahren offenbar trotz aller Unruhe nicht mehr in der Lage war; mir war es recht, ich mußte nicht so dringend zurück nach Zürich.

Als er nach zwei Zimmern fragte, lächelte der Concierge ein seltsames Lächeln.

Nein, kein Doppelzimmer, sie ist meine Tochter.

Der Concierge, weiter lächelnd: Leider nicht mehr zu haben.

Dann eben zwei Doppelzimmer!

Was ich nicht verstand – ich würde meinen Vater, dachte ich, doch nicht stören in der Nacht, aber daß er es sich inzwischen wohl leisten könne.

Als wir, die Schlüssel in Händen, zum Lift gingen, fragte ich: Warum eigentlich hat der so blöd gegrinst?

Weil er nicht glaubte, daß du meine Tochter bist.

17. Dezember 2001: DIE PERLENKETTE

Meine Patentochter, die sich aus dem vielfarbig bestickten Stoff, aus Mexiko mitgebracht, ihr Hochzeitskleid selbst nähen wollte, überlegte gemeinsam mit mir, wie die großen Ornamente auf dem Schnittmuster zu plazieren wären; dann ihre Frage: was trägt sie dazu, welchen Schmuck. Ich brachte ihr meine sämtlichen Ketten, die eventuell mit den Farben des Kleides korrespondieren könnten, Bernstein, Malachit, Korallen, Elfenbein, Granat...

Schließlich entschied sie sich doch für die Perlenkette, die sie von ihrem Vater geschenkt bekommen hatte; ein kostbares Familienstück, gerettet durch den Krieg, etwas vom wenigen, was ihnen, trotz Ausbombung, Notunterkünften und Behelfsheimen, geblieben war.

Nach dem Hochzeitsfest sehe ich: die Perlen sind verfärbt, der bunte mexikanische Stoff hat Farbe gelassen. Ich bringe die Kette zur Goldschmiedin: Sehen Sie sich das an, diese unverkennbar alten Perlen, der wunderbare Glanz... Worauf die Dame sich erlaubt, an der Echtheit der Perlen zu zweifeln. Ich bin entrüstet; folge trotzdem ihrem Rat, wasche sie in lauwarmer Seifenlauge – sie bleiben rosa.

Ein zweiter Goldschmied, um fachmännische Reinigung gebeten, reibt die Perlen aneinander, prüft ihren Widerstand, schaut skeptisch und sagt mir ins Gesicht: Die sind nicht echt.

Wieder bin ich entrüstet: Was heißt hier ›nicht echt‹?

Nicht durch und durch Perle, sondern auf einer Unterlage gezüchtet, insofern unecht...

Meine Patentochter nimmt es leicht, daß das gehütete Familienstück nicht sehr viel wert ist. Schade nur wegen der rosa Farbe, die passe nicht zu dem, was sie trage.

Jene Perlenkette, die ich von Max zur Konfirmation erhielt und die ich lange nicht getragen habe – nun nahm mich wunder, wieviel wert ich ihm damals war: Mein Vater bestand den Test.

Warum aber hatte er mir Perlen geschenkt?

Perlen entsprachen ihm nicht, und auch mir nicht. Bediente er, der damals bereits in Rom lebte, das Bild, das er von meiner Mutter mitsamt ihrer Herkunft entworfen hat, und kettete mich mit seinem Perlengeschenk an sie, obwohl sie niemals Perlenketten trug?

Nachtrag zur PERLENKETTE

Ich stelle fest: Perlen finden sich bei beiden, bei Ingeborg und bei Max. Sowohl in ihren Texten sind Perlen, als auch auf Fotografien ist zu sehen: Ingeborg trug sehr oft Perlen, sogar drei Reihen nebeneinander.

Überhaupt: Ingeborgs Lust an Herrschaftlichkeit! Ihr Auftreten wie eine Contessa: Das leise Sprechen, die noble Zurückhaltung, die Mehrdeutigkeit ihrer Sätze, das geheimnisvolle Lächeln, ihre Grandezza...

Ich mochte sie, so wie ich alle Frauen meines Vaters gemocht habe, nämlich sehr.

Auch das Speisezimmer in der Wohnung an der Via de Notaris mochte ich: vertäfelt bis auf Tischhöhe, darüber matt glänzende Tapeten, vielleicht aus Seide – so in meiner Erinnerung –, oder waren es halbblinde Spiegel ringsum?

Eines Mittags, während eine Donna dort servierte, Melone mit Parmaschinken, als Kombination mir damals noch unbekannt, erklärte Max: Das essen die Römer, wenn es so heiß ist wie heute, eine leichte Mahlzeit zwischendurch. Ingeborg lächelte, und die Donna ging weiter servierend um den Tisch herum...

Irritiert hatte mich einzig, daß ausgerechnet Max es

war, der so herrschaftlich speiste, mein Vater, der sich so sehr über die ›großbürgerlichen‹ Eltern meiner Mutter geärgert hat.

Trotzdem, mir gefiel sehr, so zu speisen; und liebend gerne hätte ich mitgelebt dort.

EINE ALLERDINGS MOCHTE ICH NICHT

Die erste, die ich als echte Bedrohung wahrnahm – verschiedene Namen von Schauspielerinnen waren bereits vorbeigeflattert wie schillernde Schmetterlinge, deren Exotik ich wohl spürte, aber nie begriff, ob es die Figuren waren, die sie so faszinierend auf der Bühne gaben, oder die nach der Aufführung – jene eine aber, keine Schauspielerin, alles an ihr war mir entsetzlich; allein schon ihr Sprechen, wie sie zwischen den Sätzen sehr hörbar die Luft einsog!

Auf einem Spaziergang zusammen mit ihr und ihrem Mann und ihrem Sohn, Max hatte auch uns, meinen Bruder und mich, mitgenommen, als wir an jenem sonnigen Tag einen steilen Wiesenhang hinaufstiegen, knöpfte diese Frau sich ihre Bluse auf und entblößte ihren Oberkörper schließlich bis auf den Büstenhalter (ein weißliches, korsageartiges Ding), was mich sehr empörte.

Max nahm uns Kinder nach diesem Spaziergang nie mehr mit zu ihr und ihrer Familie.

Aber eine Karte, Windmühlen auf Mykonos (?), und der Text so ganz ohne Personalpronomen – ich als Kind sogar verstand: Mein Vater ist dort in Griechenland nicht alleine unterwegs, sondern mit dieser gräßlichen Frau.

Die Karte erinnere ich gestochen scharf, obwohl ich sie nicht aufbewahrt habe; jedenfalls tauchte sie jetzt bei der Sichtung der Briefe nicht auf.

HIRSE & HEILPÄDAGOGIK

Einmal lud mich Max zum Essen in die Wohnung einer neuen Lebenspartnerin ein, um mich mit ihr bekannt zu machen. Der Tisch war gedeckt, Kerzen brannten, nur der Fisch, eine große, dicke Lachsforelle, mußte im Sud noch weitersimmen. Ob ich etwas helfen könne, kam ich in die Küche und sah: auf dem Regal standen Hirse und Vollkornreis und dergleichen gesunde Nahrungsmittel mehr –

Viele Jahre hatte ich mich mit gesunder Ernährung beschäftigt als einer sinnvollen Unterstützung für erfolgreiche Pädagogik, im speziellen auch für geistig behinderte Kinder, ich hatte entsprechend gekocht in unserer heilpädagogischen Schule und auch andere das Kochen in diesem Sinne gelehrt – und als ich Max einmal davon zu erzählen versuchte, stieß ich nicht auf Desinteresse, im Gegenteil, die ›gesunde Ernährung‹ machte ihn zornig. Das Besserwisserische daran, das Elitäre, und daß sich das Volk (!) diese Kapricen nicht leisten könne… Jedes Argument, das ich vorbrachte, konnte nur eines: das Bild bestätigen, das er von mir und der Welt, in der ich mich damals bewegte, längst festgelegt hatte.

Wir saßen am Tisch, Max zerlegte die wunderbar gelungene, orangerosa Forelle, erhob sich dann, um die präparierten Fischstücke auf die Teller zu geben, und als er zu mir über den Tisch sich beugte, da plötzlich roch es nach versengter Wolle: die Kerzenflamme hatte ein Loch in den von seiner neuen Partnerin handgestrickten Pullover gebrannt.

Um ein Haar wäre der Abend mißlungen. Was uns rettete, war nicht die beschwichtigende Versicherung, das Loch werde in einer Kunststopferei leicht zu flicken sein, sondern die Heilpädagogik: mein und der Gastgeberin, seiner neuen Partnerin, Beruf.

Vermutlich war sie es gewesen, die den erlösenden Satz fand. Und so sprachen wir dann über dramatische Familienverhältnisse und die katastrophalen Auswirkungen für Kinder, über pädagogische und therapeutische Möglichkeiten; und wenn mich nicht alles täuscht, war es Max, der mir schließlich erklärte, während seine neue Partnerin in der Küche nebenan das Dessert richtete, worin die Bedeutung ihrer Arbeit lag und inwiefern sie bahnbrechend neue Wege eröffnete...

EIN WEITERES ESSEN

Ein Essen, das katastrophal endete, fand in Küsnacht statt.

Die erste Katastrophe: Die Frau, die damals an seiner Seite war, stellte, als sie die Spaghetti abgießen wollte, kein Sieb darunter, und als ihr der Deckel während des Gießens verrutschte, flutschten mit dem Kochwasser die ganzen Spaghetti in den Spülstein. Sie habe das Sieb in der Eile nicht finden können, versuchte sie Max zu beschwichtigen, was denn dabei sei, in zehn Minuten seien neue gekocht.

Der nur schwer gebremste Zorn über soviel Unbedachtheit legte sich lähmend auf den Beginn des Abends. Es war der Abend, an dem ich Max den Mann vorstellte, mit dem ich seit einem Jahr verheiratet war.

Und dann kam es zur zweiten, eigentlichen Katastrophe, zur Inquisition: Wir sollten nicht nur berichten, was uns an der Pädagogik begeisterte, nach der wir arbeiteten, inwiefern uns das Weltbild dahinter überzeugte, sondern wir sollten, so kam es mir vor, ihre Stimmigkeit hieb- und stichfest beweisen und klar abgrenzen gegen andere pädagogische Richtungen.

Mir jedenfalls hat es so sehr die Sprache verschlagen, daß ich hinauslief und heulte.

Danach sollen, hörte ich am nächsten Tag, die beiden Nichtverwandten, das heißt mein Mann und meines Vaters Frau, sich bestens unterhalten haben über Hans

Henny Jahnn, Musil und Niebelschützs *Der Blaue Kammerherr.*

Einen Abschied erinnere ich nicht, auch keinen Heimweg; und gesprochen haben Max und ich über diesen Abend nie.

FORELLEN NACH BERZONESER ART

Die Frage, ob ich nur die mißlungenen Essen erinnere, drängt sich jetzt natürlich auf.

Ja, es gab auch andere.

Zum Beispiel die Forellen, die Max einmal, als ich ihn besuchte, im großen Berzoneser Kamin zubereitet hat: Mit Rosmarin gefüllt, frisch aus dem Garten, über der Glut gegart. Sein wichtiger Tip: Keine Flamme, nur Glut darunter, sonst werden die Fische faserig und trocken, und 8 bis 10 Minuten von jeder Seite.

Diesen Rat befolge ich, wann immer ich Forellen auf Berzoneser Art zubereite; so gelingen sie immer.

Auch das Gespräch an jenem Abend über den Umgang mit Sprache ist mir in wunderbarer Erinnerung: Sprache muß so sitzen, als ob du dort in die Wand, mittig zwischen Küchentür und Loggia, einen Speer wirfst und ihn dabei so plazierst, daß er fest sitzt und höchstens noch leicht nachfedert; die Kunst dabei ist, ihn im richtigen Winkel auftreffen zu lassen, damit er nicht abspringt – was er tut, wenn du zu schräg wirfst oder mit zuviel Kraft.

15. Mai 2006 Lugano, im Park am See:
DEIN GEBURTSTAG

Guten Morgen, Max! Heute wärst Du 95 Jahre alt geworden –

Eigentlich wollte ich bis nach Locarno durchfahren, um dort, am anderen See, in Deinen Geburtstag hineinzunächtigen und heute durchs Städtchen zu gehen, da wo Du mit mir gegangen bist; allzuoft war es nicht, aber doch so, daß ich den Ort vor allem mit Dir verbinde. Locarno, wo du uns abgeholt hast vom Bahnhof, oder wieder zum Zug gebracht, wo wir eingekauft haben, Lebensmittel, Blumen auf dem Markt, Zeitungen, Amaretti in einem Geschäft unter den Bögen, wo wir Kaffee tranken auf der Piazza, bevor wir wieder ins Val Onsernone hinauffuhren.

Aber, kaum aus Italien zurück in der Schweiz, die vielen Baustellen und Ortsumfahrungen – es wurde so spät, daß ich gegen Mitternacht beim erstbesten Hotel hier in Lugano haltmachte. Und also sitze ich nun an Deinem Geburtstagsmorgen am anderen, dem ›falschen‹ Tessiner See.

Wieder einmal schaffte ich es nicht ganz bis zu Dir!

Erst in Deinem letzten Jahr ist etwas von dem gelungen, was hätte sein können zwischen Dir und mir. Du sagtest: Es ist mein letzter Sommer in Berzona! Du sagtest es sehr entschieden. Im Herbst würdest Du Dich verabschieden vom Haus, vom Tal, vom Tessin – nein, dahin würdest Du nie mehr zurückkommen. Deine Entschlossenheit, Dich der Tatsache Deiner Erkrankung zu stellen, sie anzuerkennen, jede Illusion, jede Sentimentalität Dir zu verbieten – ja, sie machte mich fassungslos damals; heute bewundere ich Dich dafür.

Du hast es besser gemacht als viele, von deren Tod ich weiß. Ich wünsche, es eines Tages Dir gleichtun zu können.

Im ersten Tagebuch schreibst Du über die kleine Ursel, die mitten aus dem Spiel heraus fragt, ob Du gerne sterben möchtest.

Alle Leute müssen sterben, antwortest Du, aber gerne stirbt niemand.

Ich sterbe gerne, soll, laut Tagebuch, die kleine Ursel gesagt haben.

Jetzt? fragst Du; wirklich?

Jetzt nicht, nein, nicht jetzt.

Du läßt die Zeitung sinken, um die kleine Ursel zu sehen, die am Tisch sitzt und Wasserfarben mischt.

Aber später, später sterbe ich gerne, schreibst Du, daß sie gesagt habe, während sie malte, mit stiller Lust.

Nein, ich muß nicht drüben in Locarno sein für Deinen Geburtstag!

Der Tag heute ist nicht glanzvoll, sondern verhangen, die steil aufsteigenden Seeufer münden bald in den Wolken, aber es regnet nicht, und über Italien ist der Himmel hell.

Und übrigens – was Du nicht wissen kannst: das Grand Hotel Palace hier am See steht entkernt, wegen Komplettrenovierung; nur die Fassaden sind geblieben, und durch die leeren Fenster scheint der grüne Park dahinter; ich denke an Dein *Tryptichon,* die Toten und die Lebenden, zwischen denen kein Gespräch mehr zustande kommt, nichts Neues ist zwischen ihnen mehr möglich –

Fünfzehn Jahre sind es seit Deinem Tod!

Warum suche ich Dich noch immer?

Nein, ich werde nicht mehr zu Dir sprechen! Es bringt mich Dir nicht näher.

Warum lasse ich ihn nicht endlich in Frieden!

16. Mai 2006 Zürich: ZIRKUS

Seit Jahren einmal wieder bin ich hin – wohl wissend, daß Max sehr oft an seinem Geburtstag im Zirkus Knie war.

Jedenfalls: Das Fest zu seinem 75. Geburtstag im Zelt vom Zirkus Federlos, errichtet auf einer Wiese irgendwo hinter dem Albis, erreichbar nur mit Extrabus, also ein Fest ohne Presse – aber: mit meiner Mutter – Max hatte auch sie eingeladen. Und tatsächlich: Sie nahm die Einladung an.

Während des Festes kam Max auf mich zu und fragte sehr besorgt, was los sei mit ihr, er sehe sie nirgends, ob es ihr nicht gutgehe.

Ich weiß nicht, Max, wo sie ist, vielleicht zur Toilette oder schon nach Hause gegangen, vielleicht einfach nur mal raus aus dem Zelt, aber meinst du nicht, daß sie, die seit mehr als dreißig Jahren ihr Leben ohne dich lebt, glaubst du nicht auch, daß sie inzwischen gelernt haben wird, für sich selbst zu sorgen?

Max lachte erleichtert, nahm mich in seinen Arm, küßte mich und mischte sich wieder unter seine Gäste.

23. Oktober 2005: RÜYA

Zur Verleihung des Friedenspreises bringt der türkische Preisträger seine Tochter mit nach Frankfurt. Das hübsche junge Mädchen, das seinem Vater ziemlich ähnlich sieht, nur daß es blond ist, sitzt, wo sonst Gattinnen oder ähnliche sitzen: neben ihm, und als er seine Dankesrede hält, schaut sie voller ungetrübter, fragloser Bewunderung und Liebe zu ihm, dem Preisträger-Vater, auf.

Wie schön, daß es möglich ist!

Auch gefällt mir sehr, daß das Mädchen seinen Namen nach der einen wichtigen Frauenfigur aus des Vaters wunderbarem Istanbul-Roman *Das schwarze Buch* erhielt, der in ihrem Geburtsjahr bereits erschienen war.

13. Oktober 2002 Istanbul: WIE LAMPIONS

Erster Erkundungsgang im Stadtteil Kızıltoprak. Auf dem Rückweg, im Vorgarten eines mehrstöckigen Wohnhauses, ein Kakibaum voller reifer Früchte, die in der Abendsonne glühten – wie Lampions!

Wie Lampions! sagte Max, als ich ihn damals im Spätherbst besuchte; der kleine Kakibaum in seinem Garten stand voller reifer Früchte.

Damals sprach er von sich, was er mir gegenüber selten so ausführlich tat; wieder stand die Trennung von einer Frau bevor, er sagte, er hoffe, diese Trennung anständig hinzubekommen, ohne Kränkungen, ohne Tragödie, und, im Gegensatz zu früher, ohne Schuld auf sich zu laden. Er sagte es klar, sachlich, nüchtern. Aber seine stumme Wut, während wir den Saumpfad hinauf zur Paßhöhe gingen – sie schnürte mir fast die Luft ab.

Abends am Kamin dann sprach er von seiner Angst vor dem Alleinsein, Angst vor dem Alkohol, für wen sollte er ihn lassen, Angst zu verkommen, für wen sollte er sich täglich rasieren und waschen! Seine Verzweiflung war unüberhörbar, aber ich wußte nichts zu sagen darauf – seine Wut, seine gnadenlose Unerbittlichkeit, auch sich selbst gegenüber, sie machte mir angst.

Heute denke ich, wütend war er, weil er, der über Eifersucht sich so oft ausgelassen hatte, es nicht schaffte, diese irrwitzige Fessel zu sprengen; weil ihm, der soviel vom Ausprobieren hielt, nichts einfiel, als nur in altbekannter Art sich ihrer zu entledigen, *mit klarem Schnitt,* wie er es nannte.

Beim Picknick oben auf der Alp – er hatte einen Weißwein mitgenommen, den er im Bach kühlte (auch dies hat er mit vielen anderen getan und es ja auch berichtet) – ließ sie langsam nach, diese stumme Wut; und beim Abstieg, als wir an der mit Birken bewachsenen Bergschulter vorbeigingen, lachte er: Diese unschuldigen weißen Stämmchen, immer denke er an Rußland, wenn er hier vorbeigehe, Rußland im Tessin!

Talabwärts dann, in den Kastanienwäldern, fanden wir Pilze; er fand sie, Maronen und ein paar Steinpilze, die er abends zubereitete, Pilzragout zu Risotto. Mir schmeckte es vorzüglich. Aber am nächsten Abend, als er den Rest der Pilze aufwärmte, traute ich mich nicht, ihm zu sagen, Pilze sollten meines Wissens nicht aufgewärmt werden, sondern aß davon; und prompt bekam ich Bauchschmerzen. Bauchschmerzen, die nicht vergingen.

Gegen Mitternacht Anruf bei der kantonalen Beratungsstelle für Vergiftungsfragen: Sie versicherten mir, die Symptome seien unverdächtig, zudem wären sie im Vergiftungsfall bereits sehr viel früher aufgetreten, nein, ich bräuchte nicht nach Locarno hinunterzufahren; es müsse sich um eine Unverträglichkeit anderer Art handeln; psychosomatische Reaktion nach Pilzgenuß sei relativ häufig. Worauf das Bauchweh verschwand.

Später dann lachten wir über mögliche Schlagzeilen: Vater vergiftet seine Tochter –

Und beim Abschied der Korb voller Nüsse aus seinem Garten – oben drauf hatte Max reife Kakifrüchte gelegt.

Bis ich vom ersten Erkundungsgang in Kızıltoprak nach Hause kam (nach Hause?), war es dunkel. Nun steht im klaren Nachthimmel der türkische Halbmond.

– Was haben Sie denn in Istanbul gemacht?

– Das erste Mal war ich dort in den neunziger Jahren, und im Herbst 2002 bin ich noch einmal hin. Bis in den März 2003, bis kurz nachdem im Irak die ersten amerikanischen Bomben fielen, blieb ich. Um über eine Istanbulerin und ihre Familie zu schreiben, bin ich das zweite Mal hin. Sie hatte mir ihre Geschichte angeboten. Sie sagte, und selbstverständlich solle ich sie auch beim Namen nennen, da sei doch nichts dabei, nein, sie habe nichts zu verbergen. Das reizte mich. Darum bin ich hin. Ich wollte erfahren, was ich bereits wußte: daß es nicht geht, selbst wenn die Person explizit will, daß über sie geschrieben wird. Nicht nur aus Anstandsgründen oder Respekt funktioniert es nicht.

– Warum sollte es nicht funktionieren?

Worin der Reiz ausgerechnet für sie lag – wie sollte er es wissen! Gelesen von ihrem Vater, sie war sich nun ganz sicher, hatte er nichts. Nein, er hatte wirklich keine Ahnung. Sie sagte:

Was ich voraussah, ist eingetreten: Die Freundschaft ist daran zerbrochen, und die Familiengeschichte kam auch nicht zustande.

– Aber was interessiert Sie denn an einer türkischen Familiengeschichte?

– Ich liebe Istanbul wegen seiner Vielfalt, all die verschiedenen Menschen aus den verschiedensten Weltgegenden, mit ihren Sprachen und Kulturen, die einen kommen, die anderen gehen, so war es, und so ist es noch heute; das macht mir die Stadt so unvergleichlich, ihre vielschichtige Geschichte.

– Und gibt es das nicht auch anderswo?

– Sie mögen Istanbul nicht, stimmt's?

– Nu, als ich dort war, hat es viel geregnet, und kalt war es auch, und ziemlich unfreundlich ...

– Ja, eines Tages werde ich tun, worum Sie mich am Telefon baten: Ihnen die Stadt zeigen. Für das große allgemeine kunsthistorische Istanbul brauchen Sie mich nicht, aber mein sehr persönliches Istanbul –

Sein Lächeln dann und wieder seine Hand unter ihrem Arm.

BIEDERMANN UND DIE BRANDSTIFTER

Zwischen den Briefen von Max eine Karte (mit Eiffelturm): *3. VII. 58 Meine liebe Ursel, heute haben Deine Freunde den »B + H« in Paris zum letzten Mal gespielt und verlassen mich jetzt ...* Unterschrieben ist die Karte von denen, die auch in Zürich bei der Uraufführung gespielt hatten, und: von Ingeborg Bachmann. Ihr Name sagte mir nichts damals. Warum auch sie unterschrieb, warum sie in der Runde dabei war – halt irgendeine, dachte ich. Die andern kannte ich.

In der Mittagspause, wenn ich von der nahen Schule kam und mich durch den Bühneneingang zu den Proben hineinschlich, sagten sie: Die kleine Frischin ist wieder da! – was für meine Ohren zärtlich klang; nur leise mußte ich sein, ansonsten hatte auch Max nichts dagegen.

Mir gefiel das Proben auf der Bühne sehr; das Probieren, wie nah oder fern wer zu wem stehen, wo der Einsatz für den Text sein muß, ob besser im Gehen oder doch mit kurzem Anhalten – immerfort hätte ich zuschauen mögen.

Dann die Generalprobe und schließlich die Premiere. Auf der Premierenfeier (im 1. Stock des Pfauenrestaurants) Glanz, Glück, Erleichterung, und Reden und Lachen aller durcheinander, und irgendwo dazwischen an dem langen Tisch saß auch ich (neben meinem Vater?) – ich gehörte dazu; ich fühlte mich dazugehörig, irgendwie, und liebte sie alle, und daß sie mich liebten, war ich mir sicher, so herzlich, wie sie waren zu mir; und ich liebte ihren Umgang miteinander, ausgelassen und laut; ich liebte ihre Sprache, ihr Theaterdeutsch, und ihr Spiel auch nach dem Theater, daß sie niemals verlegen waren um eine überraschende Wendung; auch wenn ich natürlich sah: sie spielen immer, du weißt nie, woran du bist.

Schauspieler, sagte Max, als ich ihn einmal darauf ansprach, sie können nicht anders, das Leben ist Spiel für sie, das ist ihre Chance und – sagte er: Crux oder Dilemma?

Ich träumte davon, mein Leben auf dem Theater zu verbringen. Nicht als Schauspielerin, aber Regie wollte ich machen. Und ging, so oft als möglich, ins Theater. Kannte alle dort, die von der Requisite und von der Bühne, die von der Beleuchtung und der Technik, den Inspizienten und samtliche Schauspieler vom Ensemble, nicht jedoch die Stars, die sich nicht unters Theatervolk mischten und kaum am Stammtisch im »Pfauen« saßen.

Auch hatte ich nicht die leiseste Hemmung, die Freikarten auf den Namen des Vaters in Anspruch zu nehmen, die ihm als Autor des Schauspielhauses zustanden – selbst als er schon nicht mehr in Zürich lebte, sondern in Rom, zusammen mit Ingeborg.

Kurz vor Ende der Schulzeit war ich noch immer überzeugt, daß ich mit meinem Berufswunsch das Theater meinte, daß es mir wirklich darum ging, aber Hirschi – alle nannten Kurt Hirschfeld so, auch mein Vater und meine Mutter, also auch ich – er versuchte nicht, mir das Theater auszureden, sondern lächelte sein melancholisches Lächeln und riet mir, erst einmal Literatur- und Theaterwissenschaft zu studieren und, das immerhin, nebenher Regieassistenz zu machen, dann würde sich ja zeigen, ob es das Richtige sei für mich, auch ob ich die nötige Durchsetzungskraft hätte.

Von Zürich im Schlafwagen bis Hamburg – mein Bruder und ich teilten uns das obere Bett, im unteren lag die Mutter, mit der Jüngsten im Arm; Papa schlafe, sagte sie, im Abteil nebenan. Am Morgen dann die Hafenrundfahrt – zum ersten Mal sah ich Ruinen, noch vom Krieg, Häuserfassaden mit Himmel in den Fensteröffnungen; und im Hafenbecken versenkte Schiffe, unsichtbar, aber durch Bojen markiert.

Auf Sylt, im großen, reetgedeckten Haus von Suhrkamps auf der Wattseite, umgeben von einem Steinwall, mit Dünenrosen dicht bewachsen, und ringsherum das flache, weite, noch kaum bebaute Inselland mit viel Himmel. Außer uns im Haus waren unsere Gastgeberin Mirl Suhrkamp, Herr Podszus (Lektor und vielleicht Geliebter von Mirl) und eine Haushälterin namens Hilde.

Frau Hilde war groß und stämmig gebaut, hatte sehr helle Haut mit durchschimmernden Venen, aschblondes, sprödes Haar und ein lautes, aber herzliches Lachen; dieses vor allem hatte es mir angetan, ihr überbordendes Lachen.

Sie sehe sehr deutsch aus, sagte jemand dort (wer?), oder vielleicht: sie sei sehr ›deutsch‹ – was so kurz nach dem Krieg ja durchaus etwas anderes bedeutet hatte; ich jedoch stellte mir nichts anderes vor, als was ich sah, und wurde, wie sie mich nannte, ihre kleine Freundin. Sie zeigte mir, wie aus den dicken rotglänzenden Hagebutten der Dünenrosen Halsketten zu machen sind und aus trokkenem Gras Negerröckchen, und hieß mich vor den Erwachsenen damit herumhüpfen, was vor allem sie selbst zum Lachen brachte. Wie alt mag sie gewesen sein? Mitte dreißig vielleicht – mir jedenfalls erschien sie sehr erwachsen, meine große, erwachsene Freundin mit dem seltsam lauten, fremden Lachen.

Mirl hingegen war zierlich und zurückhaltend, sie sprach sehr leise, und uns Kindern gegenüber zeigte sie sich immer wohlwollend-nachsichtig, immer undurchschaubar lächelnd. Ebenso Herr Podszus; der klein war, aber kompakt, und im Gesicht seine Haut glänzte gelblich, darin kleine, schwarze Flecken – warum nur meine ich, daß es Granatsplitter waren vom Krieg?

›Der Krieg‹ wurde für mich auf Sylt zum ersten Mal spürbar, auch wenn dort nichts davon zu sehen war; und darüber nie gesprochen wurde, keine Kriegserlebnisse – mag sein, daß Frau Hilde mir dies oder das von englischen Soldaten angedeutet hat, was ich, jung wie ich war, nicht verstehen konnte – nur eben, daß hinter dem Sprechen aller immer irgendwie der Krieg durchschien.

Vor allem aber ist für mich mit Sylt die Spannung zwischen den Eltern verbunden, eine Spannung, die nie zur Entladung kam. Kein einziges lautes Wort erinnere ich, die ganzen Jahre nicht. Niemals flogen Tassen, keine Türen knallten; nur immerzu diese stumme, bedrohliche Spannung, die dir die Luft abschnürt.

Was sonst?

Daß wir zum Baden hinüber ans offene Meer gingen. Wir gingen zu Fuß durch Heidekraut und Krähenbeeren, hintereinanderher, weil der Weg so schmal war zwischen stechendem Gestrüpp, streckenweise auch auf Planken und hölzernen Stegen; in meiner Erinnerung ist der Weg unerträglich lang; und eben, daß kein Wort fiel, nur dieses Gehen hintereinanderher, stumm, so entsetzlich stumm, hinüber zu den Dünen an der offenen See.

Und ich sehe meinen Vater, wie er vor der Brandung steht, er steht und steht und schaut hinaus aufs Meer, während wir zwischen den Dünen hocken, Handtücher um uns gelegt; der Seewind, ungewohnt für uns, ist kalt und scharf, und die Wucht der andonnernden Wellen beängstigend. Selbst an der Hand des Vaters in die Wellen zu springen, der salzige Gischt im Gesicht, hielt ich nicht lange aus, sondern verkroch mich bald wieder zwischen den Dünen.

Und plötzlich springt mein Vater kopfüber in einen anrollenden Brecher hinein und verschwindet darin. Meine Mutter, neben mir, schreit: Max ... Mehr nicht, nur dieser erstickte, verzweifelte Schrei, den der Wind zerfetzt.

Dann sehe ich: mein Vater ist wieder aufgetaucht und schwimmt auf dem Rücken der nächsten Welle; er schwimmt mit kräftigen Zügen, schaut nicht zurück, nur nach vorn, die kommende Welle im Blick, und wieder verschwindet er, wieder verschluckt vom Meer; aber nun weiß ich: er wird es schaffen, er wird zurückkommen zu uns...

Das Glück, als er, nach unendlich langem, wieder an Land kommt! Er kommt, von einer Welle auf den Strand geworfen, anfangs noch krabbelnd dem Sog des Meeres sich entziehend, wieder auf die Beine, und, die Arme um sich werfend, auf uns zu, Glück im Blick. Aber: er sagt nichts. Kein Wort, nicht einmal, wie herrlich es war oder wie gefahrvoll, nichts. Was ihm die Sprache verschlagen hatte – ich wußte es nicht; und wußte es doch.

Und ein Gewitter: Mitten in der Nacht holen uns die Eltern aus unseren Betten, die in den Zimmern unter dem Dach stehen, und legen uns, völlig schlaftrunken, im großen Wohnzimmer auf die Sofas. Falls ein Blitz ins Haus schlägt, sei es zu spät, sagt jemand, denn das Reet würde sofort lichterloh brennen...

Uns gegenüber sitzen Mirl und Herr Podszus: Wie niedlich, diese Kinder, so völlig verschlafen!

Niedlich – allein dieses Wort! Wie fremd mir alles war in jener Gewitternacht, in dem Wohnzimmer mit den Leuten, die uns anschauten, ihre lächelnde Gelassenheit trotz der Bedrohung, ihr unbesorgtes Weiterreden, während draußen die Blitze ins Meer schlugen, fast sofort gefolgt vom Krachen des Donners, während meine Mutter die Sekunden dazwischen zu zählen versuchte. Und irgendwann, als sich das Gewitter verzog, wurden wir zurück in unsere Betten getragen.

Und der Besuch bei Tetta in Kampen:

Das Reetdachhaus, umgeben von einem alten Obstgarten, darin Beerenbüsche, rote und weiße und schwarze Johannisbeeren, alle sind reif. Ich nasche davon, ahnend, daß es vielleicht nicht erlaubt sein könnte, ich mindestens fragen sollte; ich nasche nur hier und dort ein paar Träubchen, von jedem Busch ein bißchen, niemand wird es bemerken. Aber dann, als sie mich finden weit hinten im Garten zwischen den Büschen: Ich fühle, gefallen aus meinem Johannisbeer-Glück, die Schuld; zu was ich mich habe verleiten lassen, ist nicht in Ordnung; der Blick meines Vaters sagt es mir deutlich. Tetta jedoch, die mit ihm zusammen auf der Suche nach mir war, wischt lachend alle Schuld von mir: Solange du uns noch was überläßt...

Und plötzlich wußte ich, ohne das Bild vor meinen Augen zu verstehen: Es ging nicht um die Johannisbeeren, sondern ich sollte, so wie es stand zwischen meinem Vater und der schönen rothaarigen Tetta, nichts verderben.

Von Sylt zurück in die Schweiz fuhren wir ohne ihn. Er bleibe noch, zum Arbeiten; an der frischen Nordsee könne er sehr gut arbeiten. Auch die später mehrmals geäußerte Enttäuschung der Mutter, daß er sie alleine mit den drei Kindern die ganze weite Strecke durch Deutschland zurückfahren ließ – jetzt erst, beim Aufschreiben, verstehe ich, was sie gekränkt hatte.

Nachtrag zu Sylt: SCHWIMMENLERNEN IM ZURICHSEE

Der Vater hielt mich fest am Schwimmgurt (aus aneinandergefädelten Korkstücken), während die Mutter vom Ufer aus zuschaute, vermutlich kommentarlos, aber ich meine die Uneinigkeit der beiden, wie das Kind – ich – schwimmen lernen solle, wie es mir beizubringen sei, noch zu spüren, während ich meine ersten (verzweifelten) Schwimmzüge tat. Hinzu kam, daß es nicht irgendwo am Zürichsee war, sondern am Badeplatz vor dem Haus der Eltern meiner Mutter.

Natürlich hat das Schwimmen nicht auf Anhieb geklappt, und: eine echte Schwimmerin bin ich nie geworden. Zwar kann ich mich über Wasser halten, aber mit Wohlbehagen eintauchen und größere Strecken zurücklegen ist mir nicht gegeben ... Was ja auch nicht weiter schlimm ist, es mindert nicht meine Lust, am Wasser zu sitzen, aufs Wasser zu schauen, am besten eigentlich an einem Wasser zu leben – idealerweise in Istanbul, der von Wassern umarmten Stadt –, fatal ist nur, daß ich selbst es ziemlich ähnlich hielt, als meine Kinder schwimmen lernen sollten (in einem schleswig-holsteinischen See) – was allerdings deren Schwimmenkönnen inklusive Lust am Wasser nicht beeinträchtigt zu haben scheint, wie sich zeigte; und ob *sie* sich an ihr erstes Schwimmenlernen erinnern, wäre noch zu erfragen.

Bleibt also die Frage an mich selbst, warum alles so kam, wie es gekommen ist zwischen meinem Vater und mir.

Blutrote Ballerinas: Weinrot, Scharlachrot, Bordeauxrot, Venezianisch Rot, Karmesinrot ... die Frage war, welches das der Ballerinas im Schaufenster von Bruno Magli sei.

– Bruno Magli ist für mich, sagte sie dann, untrennbar mit Ingeborg verknüpft. Worauf der Herr an ihrer Seite sie mit einem fragend verschmitzten Blick anschaute.

– Weil Ingeborg mich, damals in Rom, zum Schuhekaufen an die Via Veneto mitgenommen hat; dabei übrigens habe ich mich von ihrer Scarpemania anstecken lassen und bin sie bis heute nicht losgeworden; was ich allerdings auch nie versucht habe.

Der Herr neben ihr lächelte ein mehrdeutiges Lächeln, sagte aber nichts, so daß unklar blieb, ob er, der Ingeborg ja ebenfalls gekannt hatte, auch von dieser Leidenschaft Ingeborgs wußte.

– Und nach dem Schuhekaufen trafen wir uns in einem der Straßencafés mit meinem Vater, der sich für und mit uns über unser Schuhglück freute.

Dies nun interessierte ihren Begleiter weniger, stellte sie im Weitergehen fest. Also verschwieg sie ihm, daß jene mit Ingeborg zusammen in Rom gekauften Schuhe für sie lange die liebsten und schönsten Schuhe überhaupt gewesen sind – mit blausilbrigem Stoff überzogen und mit barock geschwungenen Absätzen, was nach den mehr als bleistiftdünnen Absätzen sehr neu und sehr aufregend war.

Ob auch Ingeborg ihre neuen Schuhe damals gezeigt hatte und wie die aussahen, erinnere ich nicht, nur daß Max so lustig war an jenem Abend, und eben: sich auf unser Frauen-Schuhspiel einließ.

ERSTE LIEBE

Am Theater begegnete ich dem, der meine erste große Liebe wurde – dessen Mutter jene Frau ist, die in Max' Werk als ›jüdische Braut‹ erscheint. Als wir uns kennenlernten, wußte ich nichts von der Geschichte dahinter, jener Geschichte seiner Mutter mit meinem Vater; er hingegen von Anfang an; in Andeutungen erzählte er mir davon.

Max erzählte, nachdem ich ihm von meinen ersten Liebeserschütterungen berichtet hatte, ausführlicher, in einem Brief aus Rom (den er noch mit Papa unterschrieb).

Bewegt sei er, schrieb er, aber nicht bestürzt, und er wolle mir nichts Allgemeines sagen, schon gar nicht Lehren erteilen, aber sprechen mit mir. Ob ich wisse, daß auch er im Leben stehe und daß es nicht aufhöre, bestürzend zu sein; und daß es immer eigener werde, indem alles, was man gelebt habe, als Hintergrund bleibt, Verfehltes und Geglücktes, manchmal kaum zu unterscheiden. Und dann schrieb er, wie seine erste Liebe war – eben jene –, wunderbar für sie beide, und warum sie endete.

Diese meine erste Liebe hatte ihn sehr interessiert, im Gegensatz zu späteren Lieben; ein- oder zweimal noch fragte er nach; sie gefiel ihm – als Konstruktion. Ob es zu einer Begegnung zwischen Max und dem jungen Mann jemals kam, weiß ich nicht; nur daß dessen Eltern, mehr oder weniger vehement, unsere Liebe zu verhindern suchten.

Keinen meiner späteren Lieben mochte Max; jedenfalls finde ich in meiner Erinnerung nichts, was auf Interesse oder mindestens auf einen unbeschwerten gemeinsamen Abend hinweist. Hingegen: Als ich mit einer mir sehr wichtigen Liebe von einer langen Sommerreise durch Ungarn, Rumänien, Bulgarien, Griechenland und schließlich zurück durch Jugoslawien in die Schweiz kam – per 2 CV waren wir unterwegs gewesen und dachten in Berzona letzte Station vor Zürich machen zu können –, war es meinem Vater nicht möglich, uns zu beherbergen. Warum?

Obwohl andere Gäste zur Zeit nicht im Haus waren, ließ er uns in einer Pension logieren, zwei Ortschaften weiter unten im Tal, wo er, wie er sagte, oft Gäste unterbrachte. Ich meine, er selbst rief an, um sich zu vergewissern, daß dort Platz für uns war; und daß er, nachdem ich ihn darum bat, die Übernachtung bezahlt hat, denn natürlich waren wir pleite nach der langen Reise.

In jenem Brief aus Rom erzählte er auch von den anderen Lieben, denen er (bis dahin) begegnet war, auch von meiner Mutter und andeutungsweise, warum es zur Trennung gekommen war, und schließlich von Ingeborg – *die Du ein wenig kennst, und wir versuchen zusammenzuleben. Das dauert jetzt vier Jahre voll Glück und Unglück und Leben, und wie es weitergeht, weiß ich nicht – Ecco!*

30. November 2007, nach dem Film: CALLAS ASSOLUTA

Ingeborg legte die Schallplatten auf wie eine Priesterin, langsam, bedacht, schweigend: *Lucia di Lammermoor,* gesungen von der Callas; und während wir lauschten, ihr Lächeln, wissend und gleichzeitig verzückt; und wenn sie die nächste Schallplatte auflegte, sagte sie nichts, nur einmal: ich solle darauf achten, wie (in jener berühmten Wahnsinnsarie) die Töne gleich Perlen, von einer zerrissenen Kette gefallen, über Treppenstufen kullerten, bis sie schließlich irgendwo liegen blieben. Mehr sagte sie nicht.

Das Bild, wie wir dort sitzen und Callas' Lucia lauschen – im hellen Wohnraum im Haus Zum Langenbaum, durch die Fenster herein glitzernd der Zürichsee, davor Ingeborg im Halbprofil als Silhouette – es ist eingraviert wie ein Vermächtnis.

Nachtrag zu LUCIA DI LAMMERMOOR

Sicher ist, daß ich eine Aufnahme mit der Callas auf Schallplatten besaß (die ich mir nach jenem Initiationserlebnis gewünscht hatte), und ebenso, daß ich heute eine Lucia, nun auf CD, mit Joan Sutherland, besitze, aber unsicher bin ich jetzt, ob Ingeborg tatsächlich von über eine Treppe kullernden Perlen gesprochen hatte oder ob ich, wann immer im Laufe der Jahre ich diese Arie hörte, es mir möglicherweise nur vorstellte, daß sie es damals gesagt hätte.

Beides ist möglich.

– Sie haben einen starken Schritt...

– Stark – wie meinen Sie?

– Nu, Sie treten fest auf.

– Ja, die hohen Absätze auf dem Pflaster, aber Sie haben recht, schon einmal hat es mir jemand gesagt.

Sie fragte sich, was er wohl gemeint habe damit, sagte:

– Ich als allein lebende Frau muß halt zusehen, daß ich nicht überrannt werde in dieser Gesellschaft, darum wohl der feste Schritt...

Ingeborg als Frau: neben aller Brillanz und Intelligenz immer auch ihre Hilflosigkeit und ihre Angst vor Verletzung – ist es das?

27. November 2002 Zürich: KINO NORD-SÜD

In der Manteltasche die Eintrittskarte, noch war Zeit, ging ich um den Block: Wie vertraut mir alles ist in dieser Stadt, und doch wie im Traum; jede Gasse, jeder Platz, jede Ecke, der Klang der Schritte zwischen den Häusern, der Blick hinüber zu den Kirchtürmen – blind könnte ich hier gehen, so kenne ich mich hier aus; einzig die Straßennamen, viele sind mir entfallen, aber wenn ich sie dann auf den Schildern lese, sind es die altbekannten.

Stadt meiner Kindheit, Stadt meiner Jugend.

Selbst das Kino – wie oft hab ich drin gesessen! Zwar ist es renoviert, die Bestuhlung, noch immer in Blau, nun bequemer, aber es ist das Kino von damals.

Senso von Visconti sah ich hier – zusammen mit wem? Mit einer frühen Liebe vermutlich. An ein Gesicht erinnere ich mich nicht, nur daß ich den Film nicht mochte. Mein Vater aber, der mir den Film empfohlen hatte, war begeistert. Ihn begeistere, sagte er, Viscontis Mut zur Darstellung von Liebe als bedingungslosem Ausgeliefertsein, Verfallensein, Liebe als Verhängnis.

Nein, ich verstand Max nicht.

Ich muß sehr jung gewesen sein.

21. Februar 2003 Istanbul, im Borsa Restaurant:
HUMMER IN NEAPEL

Durchs Schneetreiben ging ich hinab ans Wasser – die paar Schritte täten mir gut nach der Rückkehr, sagte ich mir –, und während ich nun aufs Bestellte warte, Mercimek Çorbası zum Aufwärmen, und mich umschaue und höre, was an den Tischen geredet wird – Russisch scheint zu sein, was sie hinter mir sprechen –, sehe ich am Tisch gegenüber: ein Mann und eine sehr junge Frau.

Anfangs dachte ich, die ist aber wirklich jung, eine so kindhafte Geliebte, er sollte sich schämen!, aber dann sah ich, wie er seinen Arm um sie legte, als er sie zur Toilette begleitete und zurück an den Tisch – voller Stolz über das blühende Geschöpf, es behütend und beschützend. Und wie er ihr den Stuhl, als sie sich wieder setzte, nachschob und ihr die Serviette auf die Knie legte, und wie sie ihn anlachte dabei, schelmisch verschmitzt, kokett auch, und wie zärtlich er zurücklächelte, liebevoll entzückt – ein Spiel?

Während sie ihm nun erzählt, ihre Gesten, ihre Mimik, halb Kind, halb Frau – mir fällt jenes Mädchen (in der sehr kurzen Geschichte *Eine Frau*) ein, das sich die Bewegung des Kopfes abgeschaut hat, mit der eine Frau sich die Haare aus dem Gesicht wirft, und es dann, inzwischen selbst eine Frau geworden, ebenso tat, ihr Leben lang.

Wie aufmerksam er ihr zuhört, nicht drängend, nicht

skeptisch nachfragend, worauf sie hinauswill, oder ungeduldig die Pointe erwartend oder diese bereits ahnend, sondern einzig und allein ihr zuhörend, ganz nur bei ihr. Was hat sie ihm zu sagen?

Lange war ich unsicher –

Ich muß ungefähr so alt gewesen sein wie das junge Mädchen am Tisch gegenüber: Heute feiern wir deinen Geburtstag nach!, sagte Max; und dann fuhren wir, im offenen Fiat Cabriolet, über die Via Appia hinaus aus der Stadt. Ich legte den Kopf nach hinten, die Pinienkronen glitten durch den römischen Himmel, es roch nach Harz in der warmen Sommerluft, ich hörte zu, was Max über jene in den Grabmälern rechts und links der Straße erzählte, Geschichten, als ob er sie alle persönlich gekannt hätte.

An das, was er mir von Neapel gezeigt hat, erinnere ich mich nicht, aber daß wir abends am Hafen saßen, daß er heiter gestimmt war, zu Späßen aufgelegt, fast ausgelassen; und daß er großzügig auffahren ließ – zum ersten Mal in meinem Leben aß ich Hummer.

Ich genoß es sehr, obwohl ich nicht ganz sicher war, ob dies alles wirklich mir galt. Trotzdem kam ich mir nicht fehl am Platz vor; und daß wir über die Gunst der Stunde sprachen, weiß ich sehr genau, und die Kunst, Luxus als Luxus nehmen zu können und nicht als sinnlose Verschwendung.

Als Musikanten an den Tisch traten und aufspielten,

neapolitanische Weisen mit schmelzenden Geigen, nein, er winkte sie nicht weiter, sondern lachte: Wie bestellt für uns!

Die laue Luft, der Geruch vom Meer, die auf und ab Promenierenden, plaudernd, schäkernd, das Klacken hochhackiger Sandaletten auf dem Quai, zuschlagende Autotüren, knatternde Motociclette, Rufen und Lachen in der Ferne...

Jene Sommernacht ist wie ein Traumbild, und mitten darin das Mädchen – ich –, das plötzlich, fast schmerzhaft, begriff: Das ist das Leben! So ist es! So wird es sein!

Ich war glücklich damals, glaube ich. Glücklich mit meinem Vater.

Am Tisch gegenüber klingelt das Mobiltelefon. Der Zauber ist verflogen mit dem ersten Wort, das der Mann ins Telefon spricht, seine Stimme, die Gesten, er ist ein anderer jetzt, einmal schlägt er sogar mit der Handkante auf den Tisch; und sie, wieder ganz Kind, schaut zu ihm, die Ellbogen auf den Tisch gestützt, dann im Saal herum, schließlich bleibt ihr Blick an mir hängen. Ich schaue weg.

Vor dem Fenster wirbelnde Schneeflocken, ein tanzender Vorhang vor naß glänzender Straße voller Abendverkehr; ich mache mich auf den Rückweg.

– Und warum sind Sie von Istanbul, wenn Sie dort so glücklich waren, zurück nach Deutschland?

– Um es nicht weiterzugeben an meine Kinder, um

ihnen das Unglück zu ersparen, sagte sie und sah, seine Aufmerksamkeit war woanders; ja wirklich, warum sollte sie ihm davon erzählen!

– Sie haben recht, es hat mit Venedig nichts zu tun! sagte sie dann, als sie seine Hand wieder unter ihrem Arm spürte.

– Schauen Sie hier, dies wollte ich Ihnen unbedingt noch zeigen, ist es nicht Wahnsinn? Diese Fassade, so weit nach vorne überkragend, und die Figuren auf den Gesimsen, eine neben der anderen, nur auf Wirkung bedacht ist hier gebaut, dieser venezianische Barock ein einziger riesiger Bluff. Und im Innern, Sie werden sehen, weit entfernt von einem Kirchenraum.

– Ja, der Raum ist eher zum Tanzen geeignet, sagte sie beim Eintreten und sah, daß er, was sie überraschte, ganz selbstverständlich zum Weihwasser langte, sich bekreuzigte und niederkniete auf der letzten Bank. Dieser große, fremde Mann, sein Haar schütter und grau, früher vermutlich dunkel gelockt, vielleicht sogar schwarz – was weiß sie denn von ihm; nur daß sie ihn, ja, bereits begehrt. Sie schaute nach vorne zum Altar, ging, nur mit Fußspitzen auftretend, zwischen den Reihen hindurch, betrachtete das Altarbild, darauf den braungrau-wolkigen Berg und, was sie aus der Ferne nicht erkennen konnte: Moses, die Gesetzestafeln vom Himmel herab empfangend.

– Ein derartiges Altarbild, so ganz ohne Zentralfigur, habe ich noch nie gesehen, sagte sie, zurück bei ihm, der nun wieder aufrecht stand.

– Nu, hier ist ja doch San Moisè – aber ich will Ihnen noch etwas anderes zeigen…

Als sie aus der Kirche hinaustraten, spürte sie seine Hand wieder unter ihrem Arm, sie führend, wenn auch nur leicht, aber doch so, daß sie sofort wieder in jene weiche, schmiegsame Gefügigkeit hineinschlüpfte.

– Ich danke Ihnen, daß Sie mir diesen zauberhaften Innenraum gezeigt haben.

– Und mir hat sehr gefallen, daß Sie, als Sie zum Altar nach vorne gingen, auf Zehenspitzen gegangen sind.

– Ach ja? In der Seitenkapelle wurde doch etwas wie eine Messe zelebriert mit den paar Leutchen dort – auch wenn ich fest auftrete, ich bin ja keine Barbarin…

– Ja ja, Sie haben recht, eine Barbarin sind Sie nicht, sagte er, wieder mit seinem undurchschaubaren Lächeln.

24. März 2006 Zürich: ZOLLIKERSTRASSE 265

In der Mansarde das Klappern der Schreibmaschine – nicht daß ich unten im Garten beim Spielen besonders darauf geachtet hätte, aber das Geklapper bedeutete: er ist da. Und gleichzeitig hieß es, daß er unerreichbar weit weg ist.

Das Mansardenfenster wird wohl immer ein bißchen offengestanden haben, sonst wäre das Klappern unten im Garten vermutlich nicht zu hören gewesen. Unter dem Dach dort, kaum stand die Sonne drauf, war es sehr heiß,

heiß und stickig, und die Sperrholztäfelung verströmte einen fast torfigen Geruch.

In der Mansarde war ich selten, höchstens, um ihn zum Essen zu holen. Sie zu betreten war nicht verboten, nur eben, daß es keinen Grund gab, keine Verlockung, dort sein zu wollen. Mit keinem selbstgemalten Bild, keinem Strauß Primeln, auch nicht mit einem aufregenden Kindererlebnis, das ich ihm hätte erzählen wollen, war er von seiner Schreibmaschine wegzubekommen.

In der Erinnerung finde ich kein Bild, wie mein Vater aus dem Fenster herab zu uns im Garten schaut; von Fenstern und Balkonen der Nachbarn hingegen einige.

Auch keines von gemeinsamem Sitzen beim Essen – obwohl es das selbstverständlich gegeben haben muß. Ich sehe nur den Tisch, die Stühle darum, die grünen Vorhänge und das sehr schöne Bild mit der Wassermelone von Max Hunziker an der Wand, das nun bei mir in Norddeutschland hängt. Die Menschen jedoch, wir als Familie, sind wie weggezaubert.

Aber im Zimmer nebenan das mit Stoff bespannte Radio, dort sehe ich mich mit meinem Vater, ich stehe zwischen seinen Knien, er lacht, als ich zweifle, daß in dem Kasten tatsächlich ein klitzekleines Orchester sitzt; und seine Lust beim Ausspinnen, wie sie alle da hineingekommen sind, wie sie darin wohnen und essen usw.

Eine sehr frühe Erinnerung:

Wir spielen im Wohnzimmer mit den Bauklötzen, wir

bauen uns Welten, und als Papa, wie wir ihn damals nannten, dazukommt, bleibt er stehen und betrachtet, was ich gebaut habe. Einen Zoo mit Gehegen, aneinandergereiht, für die verschiedenen Tiere, ein Riesengehege in der Mitte, ich meine, es war für Tiger und Löwen und Panther und Leoparden, ein Rundweg ringsherum, und auch ein Kiosk oder ein Café, wo die Besucher sich setzen und etwas trinken können – und während ich ihm alles erkläre, hört er interessiert zu und schaut sehr genau hin; sein langes Schauen erstaunt mich, ich frage ihn, warum – weil es gut gebaut ist, sagt er, ein guter Plan; du bist eine gute Architektin. Stolz war ich, und glücklich, etwas geschaffen zu haben, was ihm gefiel.

Ein paar Mal noch versuchte ich, ob ich wieder etwas so bauen könne, daß er stehenbliebe und schaue, was ich gemacht habe, und sage: das hast du gut gemacht – was mir, jedenfalls mit Bauklötzen, nie mehr gelungen ist. Zwar blieb er stehen, wenn ich ihm etwas zeigte, und hörte zu, aber sehr oft nur mit halbem Ohr, und sein Blick ging durch mich hindurch, anderswohin.

In Berzona, viele Jahre später einmal – Max war ein alter Mann, ich eine Frau von ungefähr vierzig Jahren – schaute er von seinem Schlafzimmerfenster aus meinen Kindern beim Baden zu; er stand dort sehr gelassen und ruhig, er schaute nur und sagte nichts, während die Kinder ins Schwimmbecken sprangen, herausstiegen, wieder sprangen, spritzten und tobten im Wasser; nein, der Lärm störe ihn nicht. Aber als ich die Leiter hinab ins Wasser stieg, da spürte ich seinen Blick auf mir, diesen nüchtern das Gegenüber abtastenden Blick.

Sieht er wieder die Tochter in dir, die er gezeugt hat mit jener Frau, die einmal auch seine Ehefrau war? Schaut er wieder durch dich hindurch auf sie, die ihm inzwischen so fremd ist, so fern, daß ihm die Zeit mit ihr kaum noch als zu seinem Leben dazugehörig erscheint? Führt dein Anblick ihm unleugbar vor Augen, daß es auch jene Zeit gegeben hat in seinem Leben?

Dieser Blick: manchmal so kalt und so hart, erbarmungslos alles und immer auch sich selbst in Frage stellend, daß du denkst, du mußt jetzt sofort im Boden versinken. Oder eben schnellstmöglich abtauchen ins Wasser.

14. März 2007: CLEVELAND, OHIO

Als Max die Mansarde räumte, warf er vieles weg, Broschüren, Zeitschriften, Papierbündel, auch Fotografien. Ich schaute ihm beim Packen zu, es schien ihn nicht zu stören, und als ihm ein Foto in die Hand fiel, das ich noch nie gesehen hatte – lachend oder eigentlich grinsend steht er zwischen zwei ›Negerinnen‹, wie er sie damals nannte: Schauspielerinnen an einem Neger-Theater in Amerika, sagte er und übergab mir das Foto: Behalt es, wirf es nicht weg!

Warum er es nicht mitnehme.

Er brauche es nicht mehr.

Ich hütete es sein Leben lang; ein Bild, auf dem ich ihn nie als meinen Vater erkannte; er war darauf so anders, so ›amerikanisch‹; und später fragte ich mich auch, was er mit diesen beiden Frauen in Amerika wohl zu tun hatte und warum er mich bat, das Bild aufzubewahren.

1991, kurz nach seinem Tod, übergab ich es dem Archiv.

5. Juni 2006: MÄNNEDORF, HASENACKER NR. 55

Einmal pro Woche fuhren wir nach der Schule nicht mit dem Tram nach Hause an die Zollikerstraße, sondern mit dem Zug nach Männedorf; vom Bahnhof stapften wir zu Fuß hinauf zum Hasenacker, wo Papa nun wohnte. Manchmal holte er uns ab, meinen Bruder und mich, und dann fuhren wir mit ihm auf der Lambretta, seiner neuen Errungenschaft (bis dahin waren wir nicht motorisiert gewesen) die Kurven hinauf; das schwindelerregende Freiheitsgefühl auf diesen Fahrten – es muß sich auf mich übertragen haben.

In seiner Wohnung (in einem Bauernhaus) stand ein Ölofen, der, wenn er brannte, sehr stark roch und, vermischt mit dem Geruch der Holztäfelung, unverwechselbar zu jener Männedorf-Zeit gehört. Auch die Ravioli aus der Dose, erwärmt im Wasserbad oder in der Pfanne gebraten, manchmal mit Eiern darübergeschlagen, gehören dazu. Und: der Plattenspieler – in meinen Augen damals ein unerhört modernes Ding.

Neben diesem Plattenspieler saß Max, als er uns mitteilte, daß einer der Größten des Jahrhunderts gestorben sei – er sprach sehr ernst, was mir anfangs angst machte, was würde diese Mitteilung für uns zu bedeuten haben – er sagte: Auch wenn viele heute noch nicht ermessen könnten, wie wichtig er war, später würde es verstanden werden; ihr werdet es erleben – Brecht.

Er sprach von ihm, ja, es ist wohl wahr, wenn ich sage: in höchster Verehrung und in tiefster Trauer. Und: er sprach ganz offen zu uns von dem, was ihn bewegte, ohne Scheu, uns seine Betroffenheit zu offenbaren, ohne kindgerechten Filter. Dann spielte er uns eine Platte vor mit Gedichten, von Brecht selbst gesprochen, und eine mit den Songs, gesungen von Lotte Lenya mit ihrer berühmten Stimme.

Eine Fotografie aus dem Jahr 1955, ein Jahr vor Brechts Tod also: Im noch laublosen Wald mein Vater und ich – vermutlich auf dem Pfannenstiel, vielleicht sind wir mit der Lambretta hinaufgefahren und dann gewandert zusammen –, wir machten dort Rast, er las die mitgebrachte Zeitung, ich schaute ihm zu, schaute umher, begann Zweige zu sammeln und aufzuschichten; und als er seine Zeitung ausgelesen hatte, sah er meinen Haufen und lachte: Sechseläuten, jetzt verbrennen wir den Böög! Er zerknüllte die Zeitung, wand sie zusammen, drehte sie so, daß Arme und Beine draus wurden und ein Kopf, er steckte die papierne Puppe, den Böög, auf einen Stock und mitten hinein ins Holz, er zündete ein Streichholz an und legte Feuer.

Seine plötzliche Freude machte mich glücklich, auch wenn ich nicht verstand, warum ausgerechnet er Sechseläuten, dieses bürgerliche Zürcher Spektakel jedes Frühjahr wieder, das er so sehr verachtete, nachspielen wollte.

In dem Augenblick, als ich meinen Vater mittig ins Bild zu plazieren versuchte, sehr kurz nur, aber vielleicht zum ersten Mal die Frage: Er, den ich jetzt im Sucher habe, der fraglos mein Vater ist: Wer ist er noch?

Als die Feuerzungen zu lecken begannen, knipste ich; mit meiner neuen Kodak, einem schlichten Apparat, der lediglich drei Einstellungsmöglichkeiten hatte: sonnig, wolkig, Personen. Entsprechend diffus ist das Bild. Aber es dokumentiert unseren Ausflug zu zweit allein, er und ich – obwohl ich darauf, natürlich, nicht zu sehen bin.

Diese Fotografie habe ich dem Archiv nicht übergeben.

25. Januar 2007 Zürich: BODEGA ESPAÑOL

Alles ist, wie es immer war hier. Aber: Ich hätte keinen Wein trinken sollen, auch nicht hierher in diese Beiz mich setzen und, leicht beduselt nun, alten Erinnerungen nachhängen, sondern in irgendein modernes Café, eins ohne Geschichte, um nüchtern festhalten zu können: Der Versuch, im Archiv etwas zu finden, ist gescheitert.

(Was hatte ich gesucht?)

Etwas Neues doch: das Postkarten-Album von Max' Mutter. Er habe es gehütet wie ein Heiligtum, erfuhr ich vom Archivar.

Ein Album voller Ansichtskarten aus Rußland, auch aus der Schweiz und vom Rest der Welt, vor allem aber aus Rußland. Uns hat es Max nie gezeigt.

Seine Mutter: wenn ich jetzt an sie denke, denke ich nicht so sehr an sie als meine Großmutter, sondern in erster Linie als Mutter von Max.

Nachtrag zum ARCHIV

Der Archivar hatte mir sämtliche Schränke geöffnet, auch jene voller Mäppchen mit diversen Briefwechseln; daß Max von (vielen) Briefen die Durchschläge aufbewahrt hat, wußte ich; schon sehr früh fing er damit an. Das Mäppchen meiner Briefe von und für Max, sah ich, ist vor E. Früh eingeordnet; ich nahm es nicht heraus. (Ich traute mich nicht. Wovor hatte ich Angst?)

Der Briefwechsel, hörte ich, endet 1976.

Nichts mehr danach, auch nichts aus seinem letzten Lebensjahr?

Sie wissen doch, wie sehr Ihr Vater seine eigene Geschichte zensiert hat.

(Ja, das allerdings wußte ich.)

Einmal, als wir, Max und ich, über die Ehe sprachen – was für ein Thema, um es mit ihm zu besprechen! –, sagte er, die beiden, Eugen und Yoshida Früh, seien ein Paar wie Philemon und Baucis, insofern eine Ausnahme.

Diese beiden, ich erinnere sie sehr genau, gehörten zu jenem Freundeskreis, der sich jeweils am Samstag über Mittag im Café »Terrasse« traf. Manchmal wurden auch wir Kinder dahin mitgenommen. Ich sehe uns, wie wir über die Quaibrücke vom Markt her kommen, an der Hand unserer Mutter überqueren wir die Straße und treten ein in den großen, hellen, halbrunden Raum, ich sehe meinen Vater dort im Freundeskreis sitzen; und ich sehe auch Yoshida sehr genau. Sie gefiel mir, eine wunderschöne Frau; ich mochte sie sehr, vielleicht, weil sie so lustig war mit uns, weil sie sich freute über uns und sich mit uns beschäftigte. Ich erinnere auch andere Freunde aus der Runde, besonders jedoch sie und ihren Eugen mit den samtdunklen Augen.

Ein Bild von Eugen hing im Wohnzimmer an der Zollikerstraße: Straßenszene, vermutlich Paris, gemalt in beigen und bräunlichen Tönen; ein frühes Bild von ihm. Und von Yoshida gibt es einen mehrfarbigen Holzschnitt (oder doch Linol?), darauf eine Flöte spielende Hirtin; gewidmet ist das Blatt dem Urseli – bei welcher Gelegenheit sie es mir schenkte, erinnere ich leider nicht.

Obwohl das Café »Terrasse« ein hoher Raum ist, sind mir keine Geräusche dazu im Ohr geblieben, kein lautes Sprechen oder Lachen oder Auftrumpfen, auch keine

Gesten – es wird eher ruhig zugegangen sein im Kreis jener Freunde, schweizerisch(?) verhalten.

Ganz anders waren die Freunde vom Theater, die manchmal bei uns zu Hause saßen, oft im kleinen Garten: ihre Lebhaftigkeit, ihr schnelles und lautes Sprechen, ihren Witz, ohne daß ich ihre Witze verstanden hätte, ihr Lachen – eine heitere Runde (kurz nach dem Kriegsende muß es gewesen sein, noch waren sie alle am Schauspielhaus) – einzelne Gesichter erinnere ich schwach, wenige Namen dazu, aber ihre deutsche Sprache gefiel mir von Anfang an; in ihr schwang etwas mit, das Welt versprach.

Einige der Freunde vom »Terrasse« haben sich, nachdem Max ausgezogen war, ebenfalls von meiner Mutter getrennt; auch Yoshida und Eugen sind damals aus meinem Blickfeld verschwunden.

25. März 2007 Berlin: EASY RIDER

Den Film, früher nie gesehen, heute endlich habe ich ihn angeschaut, in irgend so einem schrägen Schuppen in Kreuzberg; 40 Jahre danach – rührend aus heutiger Sicht der fraglose Anspruch auf eine reichlich vage Freiheit.

Aber: interessant ist mir doch, daß Max den Film, wie ich nun hörte, offenbar sehr gemocht hat. Im Kino Nord-Süd sei er gezeigt worden, 1969 – Max war immerhin 58 Jahre alt. Seine nie versiegte Sehnsucht nach Aufbruch, nach bedingungslosem Neubeginn, das Alte hinter sich lassend.

Als einen in diesem Sinne Sehnsüchtigen kannte ich ihn nicht; an keinem seiner Aufbrüche hatte ich teil; schon immer, von meinem Anbeginn an – allein von der Chronologie her war es gar nicht anders möglich – gehörte ich zu dem, was ihn mit Angst besetzte, Angst vor Verstrickung, vor Fesseln, vor Impotenz auch; ich gehörte zu dem, was er zurücklassen mußte, um zu überleben...

Wenn ich eine Chance hatte, dann lag sie sicher woanders.

Wieder und wieder rechnete sie die Jahre nach, rief sich in Erinnerung, wie es war, damals in Rom, was sie sah, was sie ahnte, was sie vermutete, ohne je Genaues zu wissen oder zu verstehen – und je länger sie mit diesem Mann in Venedig unterwegs war, um so mehr fand sie: alles deutet darauf hin, auf ihn, alles.

Was spräche dagegen? Nichts. Sie fand nichts.

Max, der an seiner rasenden Eifersucht schier krepiert ist, Eifersucht ohne ein Gegenüber, Eifersucht auf Verdacht... Der Verdacht, daß er es ist – der Unfaßbare, der Unsichtbare von damals –, auf den sie nun getroffen ist.

Und daß unversehens alles ineinanderhängt und die Zukunft sich als Vergangenheit entpuppt.

Warum! Warum er! Warum unter den Millionen Männern Europas ausgerechnet er!

Nein, du weißt nichts. Und schon gar nichts von ihm. Zwar ist auch er erschrocken, als der Vater-Name fiel, aber: was heißt das schon! Mag sein, er war einer neben andern, vielleicht nur ein kleiner Fisch, wenn auch möglicherweise ein Goldfisch.

Trotzdem ging sie weiter neben ihm her, hörte ihm zu – und sagte sich: Schau dem, was jetzt ist, ins Gesicht und laß die Toten endlich tot sein!

28. Januar 2005: EIN TRAUM FÜR MAX?

Ich gehe durch Räume und Flure und Säle, vorbei an Schächten und halboffenen Türen, an Durchblicken in Höfe und hinaus auf Plätze, und sehe überall verhüllte Gestalten, an Wänden lehnend, hockend in Ecken, stehend; sie bewegen sich nicht, aber ihr Atmen! – spürbar, hörbar – sie leben! Und während ich vorübergehe, obwohl ich nicht hinschaue, erkenne ich:

Sie sind all die Geschichten, Episoden, Varianten, die *nicht* stattfinden, die aber stattfinden könnten, jederzeit, die es nur nicht tun jetzt, zur Zeit nicht; trotzdem sind sie da, bewegungslos wartend auf ihren Einsatz, das Ausmaß ihrer Möglichkeiten verbergend.

Beim Aufwachen: Wenn ich ihm diesen Traum doch erzählen könnte!

– Sie trinken wenig!

– Ja, mittags, in der Sonne; außerdem muß ich aufpassen, sonst rede ich wieder dummes Zeug, wie neulich, als Sie mich aus den Bergen spät noch anriefen.

– Was hatten Sie denn gesagt?

– Ich hatte bereits ziemlich viel getrunken, als ich Ihnen mit Worten sozusagen an die Wäsche ging – was mir hinterher sehr peinlich war.

– Vielleicht gefällt ja manchen Leuten solcher Unsinn!

Sein Anruf aus den Bergen spät noch: Er sei den ganzen Tag unterwegs gewesen, viele Stunden gegangen, nun sei er erschöpft und spüre seine Knochen – er sagte: die Muskeln spüre er –, und da habe er an sie gedacht, an ihre Worte, als sie davon sprach, daß sie eine alte Frau sei, ja, auch er sei ein alter Mann.

Sie wollte, daß er wisse, daß sie es weiß – einmal nur wolle sie es ihm sagen, bevor sie sich leibhaftig gegenübertreten, wiederholen würde sie es nicht.

Wenn sie etwas zu bieten hätte, ist es nicht Jugend, und falls etwas zwischen ihnen zustande käme, wünschte sie, was auch immer es sei, sollte es nicht trotz ihres Alters sein, sondern ihrer beider Alter entsprechend: eine Frau und ein Mann mit einer je eigenen Geschichte, mit Spuren von Leben, verschiedenen Leben, die sie voneinander nicht kennen.

Reagiert darauf hatte er am Telefon nicht.

Wie herrlich doch das Spüren des eigenen Körpers

auch in der Erschöpfung sei, sagte sie dann, sie jedenfalls möge es sehr. Den Körper ganz und gar zu spüren, von den Zehen bis in die Fingerspitzen, sagte sie und merkte, daß der Wein sie ungenau machte und unvorsichtig; also ließ sie es, und fragte erneut nach der Jagd.

Wenn oben der erste Schnee gefallen sei, kämen die Gemsen ins Tal, der Schnee drücke sie talwärts, außerdem sei jetzt Brunft, die Tiere verhielten sich unvorsichtiger als sonst; so wie die Menschen ja auch, wenn sie mit Liebesdingen beschäftigt sind.

Lachend fragte sie, ob er etwas geschossen habe.

Ja, eine einjährige Gamsdame.

Ach, so jung und schon tot! sagte sie; worauf sich ein Mißverständnis einschlich, das sie versuchte aufzulösen: Nein, sie hege keinerlei tierschützerische Gefühle; nicht wie die meisten in Mitteleuropa, denen das Tierwohl, so scheine ihr oft, mehr am Herzen liege als das zum Beispiel von Kindern; jedenfalls habe sie auch nichts gegen den Stierkampf, ganz im Gegenteil, den liebe sie.

Aber die Jagd folge doch den Gesetzen der Natur, wohingegen der Stierkampf …

Den Tod, das Sterben der Kreatur, das Vergehen aller Materie, auch des Menschen, hatten sie von Anfang an, neben allem anderen neckischen Geplänkel und doppelbödigen Erzählen und lange bevor von einem Treffen die Rede war, in ihren Telefongesprächen immer wieder umkreist – an jenem Abend ließ sie das Thema fallen; erkundigte sich statt dessen, wie sie sich ihn dort oben in den

Bergen herumpirschend vorstellen solle, ob gekleidet wie ein echter Jäger.

Genau so, wie sie sich einen Jäger vorstelle, so stapfe er in die Höhe, und, fügte er hinzu, weil es oben schon sehr kalt sei, trage er unter der Jägerkluft warme wollene Wäsche.

Und hoffentlich feste Bergschuhe, fuhr sie dazwischen, damit nicht noch ein Bergunfall passiere...

Später dann sagte sie, daß er doch lieber nicht von warmer Unterwäsche sprechen sollte, es habe sie ziemlich verwirrt. Denn wenn sie sich ihn nun vorstelle in der herrlichen Bergwelt, verschneit in der Höhe, weiter unten im Tal die herbstlichen Wälder, dann geselle sich die Überlegung dazu, wie denn dieser Jäger in seiner Jägerkluft sich fühlen möge, ja, und dann eben der gefährliche Sprung: wie sich dieser Jägerkörper denn anfühle. Mit derartigen Informationen locke er sie auf ein Terrain, das vielleicht gar keines sei; oder vielleicht habe er es ja gar nicht so kompliziert gemeint. Sie jedenfalls meine es, wenn sie ihn zur Vorsicht in den Bergen mahne, ganz und gar nicht mütterlich besorgt, sondern einzig und allein, weil sie ihn nun tatsächlich leibhaftig und unversehrt sehen wolle.

– Etwas wollte ich Sie noch fragen: Sie sagten, Ingeborg habe in jenem Dreiländereck recherchiert – wofür, wissen Sie das?

– Für *Todesarten* – sie wollte alles wissen über den Tod.

Sie war besessen vom Tod, und vom Sterben. Sie fragte immer und immer wieder. Sie wollte wissen, wie es ist, wenn einer sich durch den Mund ins Gehirn schießt, all solche Fragen hat sie gestellt. Und dann wollte sie wissen, wie Tiere sterben; sie ist auch mit auf die Jagd gegangen. Nein, sie hat nicht selbst geschossen, aber einmal, als sie mit einem meiner Leute im Wald unterwegs war und sie einen Adler kreisen sah, sagte sie zu dem: Schieß ihn! Der hat natürlich gezögert – warum einen Adler! Da hat sie ihm regelrecht befohlen, es zu tun, sie war wohl vollkommen aus dem Häuschen; und er wußte sich nicht zu helfen, also hat er es getan. Und danach hat sie sich auf das tote Tier gestürzt, sich draufgeworfen, geschrien und geschluchzt.

...

– War sie denn oft oben bei Ihnen in den Bergen?

– Nu, Klagenfurt ist ja nicht so weit, und wenn sie dort war, ist sie oft zu uns herübergekommen.

– Sie wollten mir noch erzählen, was Ingeborg über die Menschen in jenem Dreiländereck gesagt hat.

– Sie sagte es sehr hübsch: Mit den bergigen Verhältnissen müßten die Menschen, um leben zu können, alle gleichermaßen zurechtkommen. Die Natur gibt, außer ihrer Schönheit, die vor allem den Städtern gefällt, wenig her; fast nur Forstwirtschaft ist möglich, wie Sie vielleicht wissen, davon leben viele, und auch natürlich vom Tourismus – insofern unterscheiden sich die Menschen wenig. Nur beim Trinken sind sie verschieden: Die Italiener, die eh viel und laut reden, verändern sich, wenn sie trinken, kaum, aber die Deutschen werden rechthaberisch und aggressiv, und die Slowenen versinken noch tiefer in ihrer slawischen Schwermut.

– Wie eigentlich hatten Sie Ingeborg kennengelernt?

– In Rom, auf einer Party bei Leuten vom niederen Adel.

– Dort kamen Sie ins Gespräch miteinander?

– Ich hatte sie nach Hause begleitet an jenem Abend. So habe ich sie kennengelernt.

Sie schaute ihn an.

– Nur bis zur Haustür, mehr war damals nicht.

Sie verstand: Noch nicht.

Blick über den Markusplatz – die vielen Menschen, einzelne und in Gruppen, manche, die sich herauslösen und, mit oder ohne Tauben auf dem Kopf, sich gegenseitig fotografieren; andere, die vorübergehen, sich nicht umschauen, Hiesige vermutlich, sie haben etwas zu erledigen; und wieder spürte sie seine Hand, seine Finger an ihrem Hals, ihr eine Haarsträhne hinters Ohr schiebend, sie spürte seinen Blick von sehr nah, seinen Atem auf ihrer Wange, seine Lippen – weiterfragen war ihr nicht möglich, auch nicht, in welchem Jahr es war.

Oder hatte er es doch erwähnt, das Jahr 1959? Später fragte sie:

– Haben Sie Ingeborg denn gut gekannt?

– Ja, schon, jedenfalls sind wir auch gereist zusammen.

Mehr sagte er nicht. Aber sein Zögern in der Stimme –

Und gleichzeitig sein zärtliches Anfassen immer wieder, das Glitzern in seinen Augen ... und ihre Lust auf jene Welt jenseits ihrer sonstigen Welten, noch immer wünschte sie die Vergangenheit abzuschütteln, trotz allem.

Nachtrag zum UMGANG MIT SPRACHE

Jenes Gespräch mit Max – in meiner Erinnerung ein kaum zu verortender Solitär – fand möglicherweise erst in der zweiten Hälfte der 80er Jahre statt, vielleicht nachdem ich Max von meiner Beschäftigung mit *Jürg Jenatsch* im Rahmen des wieder aufgenommenen Studiums erzählt hatte, wie begeistert ich sei über Meyers Sprachprägnanz. Max sagte, daß er von Meyer seit Jahrzehnten nichts mehr gelesen und keine genaue Erinnerung an ihn habe; aber: mein Vater war bereit, mir zuzuhören, nahm mich ernst in meiner Begeisterung, ging ein auf meine Interpretation der Lucretia Planta, die sich mir aus der Situation erschloß, mit der Meyer sie einführt: Zwischen den beiden römischen Säulen auf dem Julierpaß sitzend und aufmerksam ihrem Vater zuhörend.

Falls das Gespräch aber doch bereits Ende der 70er Jahre stattfand, wäre denkbar, daß wir in diesem Zusammenhang auch über die Wirkung von nicht Ausgesprochenem sprachen – ein mir damals sehr wichtiges Thema –, über die nachweisliche Wirkung von Gedachtem, und insofern auch über die Verantwortung für implizit Mittransportiertes beim Schreiben.

– Wie war denn Ihr Verhältnis zum Frisch?

– Mein Gott, was stellen Sie mir für eine Frage! Er war mein Vater, ja, und ich habe ihn geliebt, lange Zeit, ohne es wahrhaben zu wollen oder zu können. Denn natürlich war er kein einfacher Vater. Aber welcher Vater ist einfach!

Sie fragte nicht: Sind Sie ihm jemals begegnet, zum Beispiel in Rom? Angeboten hätte sich auch, ihn nun nach seinem Vater zu fragen, nach seiner Herkunft, seinen Familienverhältnissen; sie hätte leicht anschließen können an das, was er ihr von seiner Jugend bereits erzählt hatte, von seiner Studentenzeit in Deutschland und dem Wehrdienst noch unter Tito. Statt dessen sagte sie:

– Lassen Sie uns über etwa anderes reden. Schließlich bin ich nicht Anwältin meines Vaters, und auch nicht seine Richterin. Er war, wie er war. Außerdem ist er längst tot. Und die Ingeborg auch. Und die Sonne, schauen Sie, wie schräg sie schon steht, knapp über den Dächern, bald wird es schattig hier und kühl.

Dann aber die Frage: Wohin jetzt –

– Sehr gerne würde ich noch Carpaccios Bilderzyklus vom Leben und Sterben meiner Namenspatronin wiedersehen – würde Sie das auch interessieren?

– Ich gehe mit, wohin Sie wollen.

Sie lachte.

Er lachte auch:

– Nu, Ihretwegen bin ich hier.

– Verstehen Sie, im Gegensatz zum Heiligen Ihres Namens, von dem Sie sagten, er sei Ihnen ein Vorbild gewesen, ist mir meine Namenspatronin unfaßbar. Ich habe kein wirkliches Bild von ihr. Nur ihren Traum, den *Sogno dell Orsola,* habe ich vor Augen: Während sie schläft, im wunderschönen Renaissancezimmer, erscheint ein Engel – schattenlos, meine ich – und verkündet ihr den nahen Tod. Aber warum dieser Tod? Ich möchte sehen, ob es aus Carpaccios Darstellung ersichtlich ist, ob er sich mir erschließt.

Ich werde Sie begleiten. Was Sie interessiert, interessiert auch mich!

– Und was machen wir mit dem schweren Ausstellungskatalog, sollen wir ihn tatsächlich immerzu mittragen oder vielleicht doch irgendwo deponieren, zum Beispiel hier im »Quadri«, oder ich bringe ihn schnell ins Hotel...

Seinen fragenden Blick verstand sie nicht.

– Gleich hinter San Zaccaria, oder, falls Sie nicht warten mögen, gehen Sie kurz mit...

Sein noch immer und weiter fragender Blick – ich verstehe nicht, daß sie seinen Blick nicht verstand!

– Am Fondamente dell'Osmarin, nur fünf Minuten von hier...

Sein Zögern, seine Unentschlossenheit – ich kann mir nichts anderes vorstellen, als daß er bereits hier sich entschloß, der Geschichte jene Wendung zu geben, die sie dann zum Sturz brachte.

5. Januar 2007: MAX ALS BÜCHER SCHENKENDER VATER

Das Bilderbuch aus Prag, das die Eltern von ihrer Reise mitbrachten: Die Kinder darin mit ihren apfelrunden und -roten Backen und die Schrift mit den vielen Zacken und Haken erinnere ich; und daß ich das Buch sehr liebte.

Und Shakespeare, vermutlich nachdem ich *Romeo und Julia* im Schauspielhaus gesehen hatte, eine zehnbändige Ausgabe, hübsche, schlanke Bände mit schönem Druck, 1950 erschienen im Birkhäuser Verlag – ob ich wirklich alle hintereinander durchgelesen habe, wie ich mich zu erinnern meine? Jedenfalls unterstützten sie meine Begeisterung fürs Theater.

Später dann Brecht komplett, in der klassischen Suhrkamp-Ausgabe, sämtliche Stücke und sämtliche Gedichte – dieses Geschenk verstand ich, als ob ich ein Stück von meines Vaters Herz bekommen hätte; er ließ mich teilhaben an seiner Liebe, er schenkte mir damit sein Vertrauen, daß ich ihn, den so sehr verehrten Brecht, ebenfalls verstehen und schätzen werde; mir war, als ob mein Vater mich – über diese Brecht-Ausgabe – in seine Welt mit aufgenommen hätte.

Aber des Vaters eigene Werke: über sie freute ich mich nie vorbehaltlos, nahm auch kaum die oft sehr persönliche Widmung wahr, sondern stellte mir vor, wie er, einer Liste folgend, die Namen abhakt, die mit den Erstausgaben zu bedenken sind, mein Name unter vielen anderen.

Angst schwang immer auch mit, zunehmend bei jedem neuen Buch, Angst vor Verletzung (wenn auch andere ganz andere Blessuren erhalten haben!), Angst vor Enttäuschung, Zurückweisung, Distanzierung...

Nach *Montauk* dann Abbruch der Beziehung zum Vater; was hatte ich mit dem Mann zu tun – nur weil er zufällig mein Erzeuger ist, muß ich noch lange nicht...

Es stimmt schon: Nicht nur, daß er ein schwieriger Vater war, ich war sicherlich eine nicht minder schwierige Tochter. (Hat das wirklich Max gesagt?)

Über die Schuld (z. B. eines Vaters), die gebraucht wird, um vieles im Leben anderer (z. B. einer Tochter) zu rechtfertigen, darüber haben wir nie ein Wort verloren.

Auch habe ich nie vermocht, ihm die Frage zu stellen, was Vaterschaft für ihn bedeute, was er unter Elternsein verstehe, obwohl ich es, nachdem ich selbst Mutter war, oft vorhatte. Inwiefern diese Beziehung anders ist als andere, eine unausweichliche Beziehung, weil unkündbar, durch keine klaren Schnitte zu kappen, auch nicht einseitig zu relativieren zum Beispiel durch Schreiben darüber.

Einmal sein zorniger Ausbruch über die undankbare Brut – den Anlaß weiß ich nicht mehr, nur daß ich mich fragte: Wofür sollte ich ihm dankbar sein!

Ich sah es nicht, konnte es nicht sehen damals.

Heute – zu spät! – wundere ich mich, daß ich so sehr mit Blindheit geschlagen war.

Beim Wiederlesen des ersten Tagebuches von Max sehe ich: Es war 1947, als die Eltern das Bilderbuch mitbrachten; und mir wird klar, auch wenn ich (natürlich) nicht erinnere, wie mich, die kleine (vierjährige) Ursel, offenbar beschäftigt hat, daß die Kinder im Buch in einer Sprache sprechen, die auch meine Eltern nicht verstehen können – allein diese kleine Bilderbuch-Sequenz im Tagebuch, obwohl oder gerade weil sie so harmlos ist, zeigt (nur mir?) in schärfster Deutlichkeit, worin die Schwierigkeit bestand:

Der Vater ist immer auch eine schreibende und also öffentliche Person; zwar, mag sein, liebt er dich und du ihn, fraglos, aber immer auch bist du ein/sein Objekt (insbesondere als Kind kannst du dich dem nicht entziehen), und wie er dich sieht, was er sieht und weitergibt, was er aus dir macht, darauf hast du keinen Einfluß. Die Ohnmacht, dann die Angst vor dieser Ohnmacht – denn wo du verhandelt wirst, hast du keinen Zutritt, und das Bild, das von dir entworfen oder eben festgeschrieben wird – du kannst es nicht mitbestimmen und nicht korrigieren.

Jetzt, beim Wiederlesen des Satzes: ... *die schlichte Nachricht, daß ein Kind gezeugt worden ist, hat mich gefreut: der Frau zuliebe*... sprang mich die Frage an, ob bereits damals alles begann.

Ein Freund, weder Pädagoge noch Psychologe oder

ähnliches, sondern Künstler, der von meiner Vater-Tochter-Geschichte fast nichts wußte, fragte mich, als wir über den Film *Max Frisch, Citoyen* sprachen (in dem dieser Satz zitiert wird), ob meinem Vater die Ungeheuerlichkeit dieser Aussage eigentlich bewußt gewesen sei; oder wie er es gemeint haben könnte, ob als cooles oder ›männliches‹ Desinteresse an Familiärem oder wie sonst.

Ich mußte gestehen, daß ich es nicht weiß, Max aber auch nie danach gefragt habe, wie er es gemeint habe – die Wirkung hingegen, das weiß ich, war verheerend.

Nachtrag zu MONTAUK

Zu *money:* Die ›väterliche Frage‹ nach dem Geld, nach meiner wirtschaftlichen Situation – ich verstehe noch immer nicht, warum uns das Gespräch über alternative Formen des Umgangs mit Geld nicht gelang.

Immerhin handelte es sich – damals ja nicht ganz ungewöhnlich, nicht unzeitgemäß jedenfalls und vielerorts auf verschiedene Art ausprobiert – um einen Versuch, der sich über mehrere Jahre bewährt hatte: Das Geld unter uns Kollegen zu verteilen *nicht* nach Leistung, *nicht* nach Alter, *nicht* nach Ausbildungsgrad, sondern nach Bedürfnis.

Warum mißlang mir, es Max verständlich zu machen? Warum konnte ich ihn nicht dafür begeistern? War ich schlicht die falsche Person, um mit ihm dies Thema zu erörtern?

22. März 2003 Istanbul: WIEDER IST ES KALT

Heute morgen früh um 3 Uhr, auf dem Heimweg mit dem Dolmuş über die Bosporusbrücke, sah ich: oben auf den Hügeln liegt wieder Schnee!

Jetzt am Tag ist es sonnig, aber ziemlich kalt – ich stelle mir die Kälte in den nordirakischen Bergen vor, wohin sie vor den Bomben der Amerikaner und deren willigen Helfern geflohen sind. Im TV wird gezeigt: sie hausen inmitten einer unwirtlich bergigen Gegend – in Zelten.

Und mir fällt ein, wie wir mit unserem Vater am Großen Mythen im Zelt nächtigten – wahrscheinlich hatte er uns ein ›männliches‹ oder eben väterliches Abenteuer bieten wollen. Bei noch leidlich schönem Wetter stiegen wir auf, aber bald schon trübte es sich ein, Wolken zogen auf, verhüllten die Sicht auf die heroische Bergwelt, es wurde kalt und fing an zu nieseln, und als wir schließlich das Zelt aufstellten, regnete es bereits so sehr, daß innen und außen alles triefnaß war.

Neben Kälte und Nässe, die allerdings sehr scheußlich waren, wird vor allem der Frust des Vaters, der die verunglückte Situation alles andere als souverän meisterte, der Grund sein, daß ich diesen Zeltausflug überhaupt erinnere: Weder haben wir gelacht über unser Mißgeschick noch uns pfadfindermäßig dagegengestemmt, nur einfach am nächsten Morgen das ganze nasse Zeug schweigend zusammengepackt und uns schnellstmöglich auf den Rückweg gemacht.

Die Frauen und Kinder und Alten, die aus Zelten heraus in die TV-Kameras schauen, wirken alles andere als frustriert: einige lachen sogar, andere erheben ihre Hände zum Siegeszeichen und verkünden sehr zuversichtlich, bald wären die Amerikaner weg und sie befreit von Saddam, dann zögen sie wieder hinab in ihre Dörfer und Städte.

Außerdem heißt es, heute nacht seien auch türkische Truppen in den Nordirak einmarschiert – waren es 1500 oder doch 15 000 Mann? Über Sinn und Unsinn dieser Aktion bin ich in Streit geraten, wie ich hier in Istanbul nie vorher gestritten habe; darob ist es so spät oder eben so früh geworden.

Auf dem Weg zur Accademia, sie wieder unter dem Arm fassend, fragte er:

– Warum eigentlich mußte die Ingeborg immer wieder zurück zum Frisch?

– Tat sie das?

– Hatte er Macht über sie?

– Ich war nicht dabei – wie soll ich es wissen!

– War er gewalttätig?

Sie löste sich von seinem Arm, schaute ihn an:

– Was für Fragen Sie mir stellen! Wollen Sie hören: Er war ein Monster? Er war mein Vater!

– Und was für eine Beziehung war das zwischen Ihrem Vater und der Ingeborg?

– Ich war sehr jung damals – heute würde ich sagen: eine fatale Beziehung.

– Ja, so war es wohl, fatal.

Sie fragte ihn nicht, was er von dieser Beziehung weiß – warum denn eigentlich nicht!

...

– Aber ihr Ende war schrecklich.

– Sie meinen Ingeborgs Tod – ja, sehr schrecklich.

– Hatten Sie Kontakt mit ihr bis zu ihrem Tod?

– Ja. Bis zu ihrem Tod.

Und wieder fragte sie nicht weiter. Sie wollte es nicht wissen. Noch glaubte sie, wenn sie nur hübsch alle Risse in der dünnen Gegenwart überspringe, daß sie jene Welt, auf die sie eben noch angestoßen hatten, mit ihm betreten könnte, eine Welt jenseits ihrer beider sonstigen Welten, ja, noch immer wünschte sie es.

23. April 2001: MAX MIT MACHETE

Meine neue Leidenschaft: das Holzsägen. Die Spannung durch den ganzen Körper, von der rechten Hand, die die Bogensäge führt, über Arm, Schultern, Brust bis in den Bauch, über die Beine in die Füße, eine im Rhythmus des Sägens schwingende Spannung – ohne Gewalt, sonst verkeilst du das Sägeblatt, und ohne Druck mußt du es übers Holz ziehen, den Weg des geringsten Widerstandes erfühlen, locker und leicht durch die dicken Holzprügel hindurch – die körperliche Lust dabei.

Und die Lust, wenn wieder ein Stück – plong – zur Erde fällt.

Auch das Geräusch der Säge auf dem Holz – chr-chr-chr – ein gutes Geräusch; und das Rieseln, eigentlich Sprühen vom Sägemehl aus der Kerbe heraus, fontänenartig, und der unterschiedliche Widerstand der verschiedenen Hölzer, Esche, Rotdorn, Schlehe, Lärche, und auch ihr je ganz eigener Duft.

Heute beim Sägen fiel mir ein, wie Max damals in der Türe stand, mit der Machete in der Hand, nun werde er losziehen gegen die Wildnis. Roden, je länger, je mehr habe er das dringende Bedürfnis, den alles überwuchernden Urwald zurückzudämmen, Klarheit zu schaffen, auch in seinem Garten.

Obwohl er, die Machete in seiner (feinen, kleinen, oft sehr nervösen) Hand, lachte, als er aus der Türe trat und sein Vorhaben verkündete: Unübersehbar war es ihm ernst damit.

Den Auftritt selbst fand ich reichlich machomäßig, auch daß er zum Vater meiner Kinder sagte: Sie in ihrem Alter, Sie können das natürlich fraglos (die beiden haben sich tatsächlich nie geduzt – warum sollten sie, auch dies ist wahr!), aber er, jedes Mal, wenn er nach Berzona komme, sei froh, daß er es könne, losziehen mit der Machete.

Vielleicht, dachte ich heute beim Sägen, ging es auch Max, neben anderem, um die schiere Lust an der körperlichen Arbeit.

Was ich nicht kann: Holz spalten mit der Axt. Wie schön, wer leicht die Axt aufs Holz sausen lassen kann, so daß die Scheite vom Block springen.

Und erst recht Bäume fällen – ja, es müßte herrlich sein!

Nachtrag zu MAX MIT MACHETE

Nein, Max war nicht gewalttätig.

Im Gegenteil, sein Auftritt war grandios.

Wir saßen am Steintisch unter der Pergola – 1981 war es, wie aus den Fotografien ersichtlich, unsere Kinder waren noch Kinder –, als er in der Tür, die auf die Terrasse führt, erschien – wie ein Held, bereit zu Taten, siegessicher...

Mag wohl sein, daß hier oder dort ein Whiskyglas an eine Wand knallte – das einzige Mal, daß ich meinen Vater handgreiflich mir gegenüber erlebte, war an der Zollikerstraße. Ich, vielleicht vier oder fünf Jahre alt, hatte mit einer sehr scharfen Schere einem Teppich an einer Seite sämtliche Fransen abgeschnitten und bekam, als es bemerkt wurde, von ihm eins auf die Hand; mit seiner Hand schlug er meine Hand, ein- oder zweimal schlug er, ja, ich spürte es, aber richtig weh tat es nicht. Ich glaube nicht, daß er fest zuschlug, jedenfalls erinnere ich keinen Schmerz und auch nicht, daß ich geweint hätte, eher die Überraschung, daß er mich schlägt. Auch bin ich mir gar nicht sicher, ob ihn die abgeschnittenen Fransen empört hatten oder ob er nicht vielleicht die Rolle der richtenden und strafenden Vater-Instanz zu übernehmen entschlossen war und sich als erzieherisch tätig verstand; im Affekt jedenfalls tat er es sicher nicht.

Wenn Max gewalttätig war, dann nicht mitttels physischer Gewalt. Aber: Die Gewalt, mit der er vorging, die Macht, die er ausübte, sah er nicht als solche. Und: Gewaltsam ging er auch gegen sich selbst vor, erbarmungslos, schonungslos, rücksichtslos; er hatte wohl wirklich keine andere Wahl.

– Ich muß jetzt ganz schnell gehen! sagte er hastig und ohne Blick, kaum daß sie aus der Accademia wieder heraus waren.

Eben noch hatten sie, beide im Betrachten von Kunst nicht unerfahren, versucht, aus Carpaccios Bilderzyklus Leben und Sterben der Sant Orsola zu verstehen; und festgestellt: Aus den Bildern selbst ist dieses Martyrium nicht ersichtlich.

Daß es sich um eine britische Königstochter handelt, entnahmen sie den bereitliegenden Erklärungen, unklar aber blieb, warum sie nach Rom hat ziehen müssen mit all den vielen ihr folgenden Jungfrauen und wieder zurück nach Köln, wo sie vor den Toren der belagerten Stadt den ihr angekündigten Tod empfing – getroffen von wessen Pfeil denn eigentlich?

Sitzend neben ihm, lesend, hatte sie sich die politischen

Verhältnisse im Umfeld der Heiligen vorzustellen versucht, aber je länger, um so weniger gelang es ihr; zu sehr spürte sie den neben ihr Sitzenden, seine Hand auf ihrem Arm, auf ihrem Knie, ihrem Oberschenkel, ihrem Rük-ken, schließlich am Hals. Und als er ihr in den Mantel half, nachdem sie sich gestanden, daß ihnen beiden dieser Tod unklar blieb, unverständlich, wer der Todbringer war, wer diese Heilige erschoß, abschoß wie ein wehrloses Tier, und warum aus nächster Nähe, hielt er ihre Schultern so fest, daß sie seine beiden Händen durch den Mantel spürte – als ob er sie noch einmal prüfend abtaste.

– Ich bin völlig verwirrt, ich verstehe gar nichts! Im Moment weiß ich nicht einmal mehr, wo wir uns grade befinden.

Nur daß sie mit ihm, wohin auch immer, gehen würde, wußte sie; aber was vor sich ging, sah sie nicht. Auf dem Stadtplan zeigte er ihr Straßen und Plätze, wo sie tagsüber gegangen waren, erinnerte sie, was sie wo gesehen hatten; und während sie seinem Finger folgte, seine Hand, seine Stimme –

– Ich gehe jetzt zur Piazzale Roma hinüber, dort wartet mein Chauffeur, und Sie gehen hier über die Brücke zurück in Richtung San Marco…

Seine letzten Worte erinnere ich nicht; aber, daß sie sagte, in seine bereits sehr flüchtige Umarmung hinein: – Allora, alla prossima!

Sein Blick, der letzte, den er ihr schenkte, verriet – wenn sie ihn hätte wahrhaben können –, daß es ein nächstes Mal nicht geben würde.

II

Kann ich klagen?
Selber warf ich in die Scheuer
Meines armen Herzens Feuer.
Kann ich klagen?

Soll ich fragen,
Ob mein Herz je kann gesunden
Von der Liebe tiefen Wunden,
Selbstgeschlagen?

Abu Said Abul Chair

An die Brüstung der Brücke gelehnt, vor ihr das festlich erleuchtete Venedig – weit draußen, nach Nordosten abtreibend, genau und wie aus der Nähe gesehen, aber fern, sehr fern.

Nein, sie hat nicht zurückgeschaut, als er fortging, nicht ein Mal; sie hat sich nicht umgedreht, ihm nicht nachgeschaut –

Jener oft geträumte Traum: Der Vater geht – einen steilen, sandigen Weg hinauf, manchmal Treppen, die zwischen Bäumen hochführen, Kastanienbäume oft – er geht und schaut nicht zurück.

Nie schaute er zurück, nie, und immer stand ich fassungslos, daß er sich nicht noch einmal umdreht und zurückschaut zu mir, kein letzter Blick, kein letztes Winken, das er mir schenkt, bevor er verschwindet in stumme Entfernung – und immer war klar: In seinen Gedanken ist er bereits woanders, dich hat er längst hinter sich gelassen.

Das schimmernde Venedig, sich spiegelnd im schwarzen, fast ölig glatten Wasser –

Das ist alles –

Erfahrung, die sich vollkommen deckt mit Erinnerung. Nahtlose Kongruenz.

Nein, sie hat nicht geschrien. Gelacht hat sie und geweint.

Und gleichzeitig, deutlicher als je: Daß es so ist! Daß sie es längst weiß und es immer nicht begreift.

Ich weiß nicht, wie lange sie dort auf dem Scheitel der Brücke gestanden hat; nur daß die Schritte der Vorübergehenden, je länger sie dort stand, um so dumpfer und ferner klangen; und daß sie, als sie aus ihrer Erstarrung erwachte, zweigeteilt war, mitten hindurch.

DIE NACHRICHT

Noch war nichts abgeklärt, noch war's nur Verdacht, aber schon die Nachricht von Max' Erkrankung traf mich, als ob ich selbst –

Als ob mir der Boden unter den Füßen weggezogen sei – eine Nacht und einen Tag und noch eine Nacht lang.

Und gleichzeitig: Warum diese Vehemenz? Hast du nicht lebenslang gekämpft, daß du für dich selbst stehst, für niemand sonst, daß du du bist, keine andere, nicht irgendeine, für die du gradestehen sollst für etwas, das andere getan oder unterlassen haben?

Als ob ich mir selbst abhanden käme, als ob mir alles verlorenginge, die Hoffnung, die Liebe, das Leben, alles –

Nachts die Stille –

Stadt ohne Autos, nur Schritte manchmal von Heimkehrenden, und in der ersten Dämmerung fast geräuschloses Gleiten von Kähnen, die Waren anliefern für die unzähligen Hotels, und morgens dann schwatzende Kinder auf dem Weg zur Schule. Ob Turmuhren die Stunden schlugen, erinnere ich nicht, aber die hereinbrechende Flut von Bildern, eines über das andere herfallend, Bilder vom Vater, von Ingeborg, von Rom, von Zürich, von Rom …

Und dazwischen er – als Schatten, ungreifbar, unfaßbar.

Aber sein Blick –

Sehr genau sah sie, überdeutlich: Seine Angst gilt nicht ihr, sondern seiner Geschichte mit jener, die damals mit dem Vater zusammen ein Paar war. Eine Geschichte, neben allem Glanz und aller Pracht, voller verzehrender Begierde, Eifersucht und Täuschung, voller Schrecken und voll grausamer Verletzungen, Abstürzen, Krankheiten und einem schrecklichen Tod.

Und wieder: stellvertretend steht sie dazwischen – warum?

Möglicherweise war sie ihm schon einmal begegnet, zufällig, ohne von ihm zu wissen, vor dem Haus, im Eingang, im Lift, damals in Rom –

Um standzuhalten, preßte sie, liegend im Hotelbett, sich beide Hände auf die Brust und achtete, um nicht aus dem Takt zu geraten, auf ihren Atem.

Jener Traum: An einem trichterfömigen Abgrund, die Hänge erdig rutschig und steil; oben an der Kante stehen viele Leute, rings um den Kraterrand stehen sie und: sie sind sich alle einig, daß ich es bin, die hinab muß.

Ich weiß, was es bedeutet: Tod.

Aber noch immer stehe ich, schaue um mich, ob niemand mir einen Blick schenkt, Verständnis, Erbarmen –

Nein, es ist beschlossen, Gnade gibt es nicht.

Ich zögere noch immer, obwohl es unumgänglich ist. Obwohl ich weiß, daß ich es tun muß, freiwillig, sonst werden sie dich zwingen...

Ja, jetzt werde ich es tun, springen –

Sie horchte hinaus in die Nacht –

JENE NACHT IN BERZONA

Zurück aus Verscio, schien mir erstaunlich, oder eigentlich beunruhigend, daß Max nirgends im Haus war – ins Teatro Dimitri hatte er nicht mitfahren wollen: oft gesehen, außerdem sei ihm nicht nach Commedia, er werde lesen –, bis ich ihn im Dunkeln fand, liegend im Bett, schwer atmend.

Wie es ihm gehe, schaute ich durch die halboffene Schlafzimmertür hinein, ob alles in Ordnung sei mit ihm.

Komm zu mir, Ursel, hier ist Platz auch für dich.

Seine Hand über mein Haar, meine Hand auf seiner

Brust, auf und ab sich senkend, sein schweres Atemholen mit ziehend rasselndem Geräusch, seine Nähe, seine Körperwärme, sein Geruch; und mein Herz dröhnend bis in den Hals, während die Nacht ihren Lauf nahm, vom scheppernd-klagenden Gebimmel der Berzoneser Kirchenglocke in Stunden geteilt, Viertel, Halbe, Ganze; bis über dem waldigen Tal der Morgen graute.

Gesprochen haben wir nicht oder kaum. Es war, wie es war. Zu sagen gab es nichts. Alles wäre zu sagen gewesen in jener Nacht.

Über jene Nacht etwas zu notieren, um zu begreifen, was geschehen ist, hat sie nie versucht, nie sie in Worte zu fassen gewünscht. Auch erzählt davon hat sie nur ein einziges Mal. Obwohl die Nacht oft vor ihr stand, nicht immerzu, aber immer mal wieder, als Bild, das nicht verblaßt ist bis heute; ein Bild ohne Ereignis – nichts ist geschehen oder alles – ich im Arm meines betrunkenen alten Vaters.

Unterwegs zu den Giardini, der Riva dei Schiavoni entlang – gestern, als sie zusammen hier gingen, sagte er:

– Ufer der Sklaven, davon der Name. Die vielen abertausend Sklaven, die Venedig gebaut haben – hier war ja nichts, nur Lagune! Jeder Stein, den Sie hier sehen, ist herbeigeschafft! Dafür waren, können Sie sich leicht vorstellen, sehr viele Sklaven nötig. Per Schiff wurden sie hierhergebracht und, kaum ausgeladen am Quai, sofort verkauft. Drüben, hinter Triest, holten sie die Steine aus den Bergen, ganze Hänge haben sie abgetragen dort und auf Schiffe verladen; flache Kähne, mit denen sie nicht übers offene Meer fahren konnten, sondern den weiten Bogen der Lagune entlang nehmen mußten.

Blick aufs Wasser hinaus –

Wenn dieses ganze Venedig doch versänke jetzt, mitsamt seiner unseligen Geschichte, wenn nichts mehr übrigbliebe, nur Wasser, spiegelnd den Himmel, kreischende Seevögel darin!

Wenn es doch möglich wäre, daß endlich Schluß ist, daß ich immer und immer nicht begreife.

Sie kaufte sich eine Eintrittskarte zur Biennale, betrat den einen oder anderen Pavillon, sah Objekte und Installationen und Videos, zwang sich zu schauen – schau, was wirklich ist, halt dich daran! –, sie las dieses und jenes Erläuternde dazu, verstand nichts, versuchte es wieder, gab auf, versuchte es neu.

Jeder Traum wird geschleift, irgendwann, jeder.

Und dann der Anruf!

Max schläft – sonst ist niemand in der Wohnung. Lesen geht nicht, ich kann mich nicht konzentrieren, aber sitzen und schauen, wie er schläft, geht auch nicht.

Angesichts meines schlafenden todkranken Vaters weiß ich mir nicht anders zu helfen, als mich ans Notieren zu halten.

Max' Todesvorstellungen – heute wieder sprach er davon: Atomisierung, Auflösung in entindividualisierte Moleküle, Rückgabe an den Naturkreislauf, zur Verfügung stellen für neue, andere Lebewesen, Pflanzen, Tiere, Menschen. Nein, Leben nach dem Tod kommt nicht in Frage für ihn, keine Existenz ohne Materie, ohne materielle Verankerung kein individuelles Sein.

Ich bewundere seinen Mut. Und gleichzeitig macht mir angst, daß er noch immer bereit ist, sich dem nichtvorstellbaren Nichts preiszugeben.

In einer heiteren Stunde vor nicht sehr langem sagte er: Der Tod ist das einzig wirklich Unbekannte im Leben des Menschen. Über alles gibt es Berichte – aus Erfahrung, Überlieferungen, Traditionen, Erkenntnisse verschiedenster Art, auch sich widersprechende, nur nicht über den Tod, nicht aus Erfahrung. Obwohl die Todeserfahrung ja alle gemacht haben, die gestorben sind – nur leider, daß niemand je einen Bericht darüber abgeliefert hat...

Neulich habe er sich in einer nächtlichen Wachstunde erwischt, wie inkonsequent der Wunsch sei, was mit seiner Asche zu geschehen habe, da der nicht seiner Vorstellung entspreche. Erleichtert habe ihn dann aber, daß er es ja noch ändern könne, daß noch Zeit dazu ist, noch könne er es bestimmen. Nun also gebe es eine neue Anordnung diesbezüglich, schriftlich festgehalten, die seiner Vorstellung vom Tod wirklich entspreche.

Für die Zurückbleibenden könnte es anders sein, sagte ich, nämlich wünschenswert, einen Ort zu wissen, wo begraben ist, was übrigbleibt, jenseits des Fortlebens in meiner Erinnerung, ein Ort des Erinnerns.

Max ließ es zwar gelten, stellte aber fest, daß sich das Fortleben in der Erinnerung ausschließlich auf das Leben beziehe, das beendet ist, also ein rückblickendes Fortleben sei, und nicht mit Fortleben jenseits des Todes verwechselt werden dürfe, das tatsächlich unbekannt bleibe.

Angst vor dem Unbekannten:

Max, nachdem der Hörer aufgelegt war – er hat nicht selbst am Telefon gesprochen mit dem Kollegen und langjährigen Mitstreiter, sondern sich berichten lassen – Max sagt: Feigheit ist, wenn einer die eigene Schwäche so tarnen muß! Zu sagen, er sei grade eben unten im Bahnhof Stadelhofen angekommen, aber bestimmt passe es nicht, daß er auf einen Sprung hochkomme – der hat auf keinen Fall hochkommen wollen! Wenn er gewollt hätte, dann hätte er anders gefragt, nämlich, ob er auf einen Sprung kommen könne.

Max' Entschiedenheit, daß er aus Höflichkeit niemanden mehr empfangen muß, nur, wer ihm selbst noch wichtig ist. Daß er das Recht dazu jetzt habe, keine Rücksicht mehr zu nehmen auf andere und deren dringende Bedürfnisse nach Aussprache und Klärung. Was bis jetzt nicht geklärt sei, damit müßten die Lebenden dann eben selbst klarkommen –

Seine Radikalität, erbarmungslos auch noch angesichts des Todes – er macht mir angst.

Sogar schlafend macht er mir angst – mein auf den Tod kranker Vater, schwer atmend, erschöpft vom lebenslangen Kampf um Klarheit. Ich hasse mich für diese Angst. Aber: Ich kann die Angst nicht abschütteln.

Als Max aufwacht, ist er ein anderer: Munter, fast verschmitzt fragt er, ob noch immer niemand sonst hier in der Wohnung sei und ob ich ihm einen Campari Soda bringe, im Schrank dort drüben, ich solle ihn aber nicht verpetzen. Die kleinen, dreieckigen Fläschchen würden ihn an Italien erinnern – weißt du noch, sagt er und spricht mich an mit dem Namen meiner Mutter, damals nach dem Krieg, die erste Reise, als wir aus der Schweiz endlich wieder rauskonnten, Portofino, Cinque Terre...

Ich bin sprachlos – ist es wirklich wahr, daß er, noch

einmal wieder, mich verwechselt hat mit der Frau, die einmal seine Frau war? – und gehe zum besagten Schrank und reiche ihm, wonach ihm der Sinn steht.

– Für meinen unmöglichen Abgang gestern muß ich Sie sehr um Entschuldigung bitten.

– Ihr plötzlicher Fortgang, ja, er hat mich ziemlich aus der Fassung gebracht.

– Ich wußte mir nicht anders zu helfen, ich wußte keinen Ausweg als Flucht.

– Flucht – vor was mußten Sie denn fliehen?

– Ich hatte plötzlich Angst vor Ihnen.

– Angst – vor mir?

– Sie sind eine sehr starke Frau und sehr klug.

– Ich verstehe Sie nicht! Wer bin ich, daß ein Mann von Welt wie Sie Angst haben müßte vor mir? Wenn Sie mich jetzt sehen könnten – ich bin ein Nichts!

– Ich wußte mir nicht anders zu helfen, wie ein echter Feigling. Es ist ganz und gar meine Schuld.

– Geht es wirklich um Schuld? Immerhin, daß Sie mich jetzt anrufen –

– Nu, das mußte ich tun. Das war ich Ihnen schon schuldig.

...

– Und jetzt?

– Jetzt werde ich gleich einen Whisky trinken.

Sie verstand: Gleich wird alles zu Ende sein.

– Sagen Sie mir noch, bevor Sie Ihren Whisky trinken, wovor hatten Sie so sehr Angst, daß Sie fliehen mußten?

– Angst vor Verstrickung...

Nachtrag zum ERINNERN

Es stimmt: Rückblick, mehr ist nicht möglich, daran muß ich mich halten; anderes steht nicht zur Verfügung als das, was gewesen ist.

Und doch, daß mich mein Vater mit dem Namen meiner Mutter ansprach, als er mich sah, aus dem Schlaf erwacht, bleibt – noch immer und immer wieder neu – bestürzend.

Und gleichzeitig sehe ich, deutlicher als je zuvor: Wie es war, ist es nicht, sondern immer wieder anders, immer auch neu, auch die Bestürzung.

Um nicht verrückt zu werden, ist sie durch die Stadt gegangen, immerzu, neben sich her, ohne zu wissen, wohin mit sich und ihrer Geschichte –

Und ob sie eine Antwort finde, einen Hinweis, irgend etwas, besuchte sie noch einmal jene Ausstellung, in der sie mit ihm war, stand noch einmal vor den Bildern, die sie gemeinsam bestaunt hatten, vor den Teppichen, den Kaligraphien und Zeichnungen, auch vor Bellinis Porträt von Fatih Mehmet, dem Eroberer Istanbuls, in dessen Blick, da waren sie sich einig gewesen, die Einsamkeit der Macht zu sehen ist und die Ohnmacht dahinter; und vor jenem Stoff mit dem arabischen Schriftband als Bordüre aus roter und gelber Seide, Bahn eines türkisch-osmanischen Zeltes – ob gewebt oder gestickt, waren sie nicht gleicher Meinung, und als sie das kostbare Stück fast schon berührte, um ihm zu zeigen, wie sie es sah, ach, wie zärtlich er ihre Hand einfing und sie an seine Lippen führte, so daß sie herausfiel aus der Hingabe an das herrlich Gewirkte und hinein in seine verheißungsvoll glitzernden Augen –

Um an der Wirklichkeit zu bleiben, hielt sie sich ans Gehen, Gehen ohne Richtung, ohne Ziel – wohin hätte sie gehen sollen! – und ohne etwas zu sehen; nur überall wegweisende Schilder, Schilder in verschiedenen Schriften, Schriften verschiedener Zeiten – wo auch immer sie hinkam: nicht hier und nicht heute.

In einem Kiosk fragte sie nach Briefmarken und Briefumschlägen, um sich zu vergewissern, daß sie keiner Täuschung aufsitzt, bat in einer Bar um einen Orangensaft, um sich ihrer Stimme zu versichern, setzte sich zu drei plaudernden alten Frauen auf eine Bank, wie sie es sähen, das Leben, das Alter, den Tod –

21. März 1990 im Café Stadelhofen: ZÜRICH

Im Hauptbahnhof (angekommen per Nachtzug von Hamburg) will ich sofort Max anrufen, um ihm zu sagen: Ich bin jetzt da! – Aber: Keiner nimmt ab.

Nach Kaffee mit Gipfel zweiter Versuch, dann gehe ich Zähne putzen und mich schminken, und Blumen kaufen. Nach dem dritten vergeblichen Versuch Tramfahrt zum Stadelhofen: Ich klingle unten an der Haustür – keine Reaktion.

Vom Hof aus Blick hinauf: Ich sehe offene Fenster, ich rufe – nichts rührt sich.

Da stand ich nun mit meinen roten Rosen!

Ich verbiete mir jeden Gedanken, was es zu bedeuten habe. Kaufe statt dessen ein großes grünes Heft. Um darin zu notieren und festzuhalten, wie es ist, heute und in Zukunft; damit ich mich vergewissere.

Damit mir nichts abhanden kommt.

Damit ich mich keiner Täuschung hingebe.

Damit ich Bescheid weiß.

Ach, wenn ich doch jemals Bescheid wüßte!

Aus dem Café noch ein Anrufversuch – Max selbst nimmt ab: Er sei am Packen. Um 11 Uhr 15 soll ich hochkommen. Seine Stimme: sehr gefaßt, sehr nüchtern.

Wie steht es um ihn wirklich?

Nicht nur der Darm sei befallen, sondern wohl auch die Leber, sagte er gestern am Telefon.

Und: Angst vor Blödheit, wenn diese und jene Organe nicht mehr richtig funktionieren; die Leber beeinträchtige auch diverse Hirnfunktionen. Seine Angst, nicht mehr selbst bestimmen zu können, Angst vor Ausgeliefertsein, vor Dämmern von einer Chemotherapie zur nächsten. Aber auch: daß alles geordnet sei, alles geregelt und bestimmt, auch Berzona betreffend, wie wir es ja bereits wüßten.

Und: daß er Leben schön findet, gern lebt und daran hängt.

Und daß er weiß, daß er, neben sehr vielem, was ihm geglückt ist in seinem Leben, auch einiges vermurkst habe.

Und daß er sich gestern mit einer Spezialistin, einer Onkologin getroffen habe, nicht um sich Hoffnungen machen zu lassen, sondern um noch genauere Informationen zu erhalten über die verschiedenen möglichen Stadien, die ihm bevorstehen...

Dieses nüchterne Herangehen, jedes Sentiment sich verbietend – schwer auszuhalten schon am Telefon –, wie wird es sein, wenn ich ihm gegenüberstehe?

Kaum bei ihm, fiel ich ihm um den Hals und weinte; es brach aus mir heraus... Aber: er nahm's hin, er wandte sich nicht ab.

Schluchzend noch immer: Es tut mir leid, nein, so wollte ich dich nicht begrüßen!

Er streicht mir über den Kopf, wortlos.

Wie peinlich, daß nun du mich tröstest – statt umgekehrt!

Er habe einen Champagner bereitgestellt, den trinken wir jetzt!

Unter der Fotografie seiner Mutter (das oval gerahmte Jugendbildnis) trinken wir den Champagner, und Max berichtet, wie es steht: Einen Schimmer Hoffnung gibt es noch, falls der Schatten, der im Ultraschall auf der Leber zu sehen ist, sich bei der Operation als ›Narbe‹ von der schweren Hepatitis damals herausstellen sollte. Die Onkologin habe gemeint, daß sie derartiges schon erlebt habe, aber gleichzeitig sagte sie auch, daß an der Leber nicht zu flicken ist.

Der Leberkrebstod sei weniger schmerzhaft als andere Krebstode. Allerdings würde man, wie bei der Hepatitis, gelb, und durch Vergiftung würde das Gehirn angegriffen, was mentale Verschlechterung nach sich ziehe mitsamt Gedächtnisschwund und Verwirrung. Ein wahrer Alptraum – davor graue ihm. Aber, sagt er (noch einmal), alles sei geordnet, was er hinterlasse, und verteilt wie besprochen; dann spricht er vom Tessin, vom Verlag und von der Stiftung.

Und schließlich zeigt er mir in der mittleren Schreibtischschublade: das Rezept für jene Medikamente, die Sterben ermöglichen könnten, falls es nötig werden sollte. Merk dir, wo es liegt, sagt er, als er die Schublade wieder verschließt und den Schlüssel zurücklegt in die Schublade daneben.

Ich wußte nicht, was antworten, der Kopf drehte sich mir vom Champagner; nur daß ich es mir merken wolle, für den Fall.

Der Aufbruch dann:

Ich springe hinüber zum ›Terrasse‹, hole ein Taxi, beschwöre den Fahrer, trotz Verbotsschild in den Hof hineinzufahren und zu warten. Als Max einsteigt, sagt der Mann am Steuer: Sind Sie –? Sie sind doch ein ganz bekannter, ein Schriftsteller sind Sie, aber ich komm jetzt nicht auf Ihren Namen, zwei sind es…

Max reagiert nicht; weder lacht er über die ich weiß nicht wievielte Wiederholung, noch ist er ärgerlich, sondern sagt nüchtern: Zum Rotkreuzspital bitte!

Dort angekommen, sagt der Fahrer: Nichts für ungut, Herr Frisch, und gute Besserung!

Im großen hellen Zimmer möchte Max bald allein sein. Nein, lesen werde er nicht, auch keine Musik hören. Man brauche sehr viel Zeit, immer und immer wieder dasselbe zu denken.

Im Vaporetto, unterwegs zum Flughafen:

Diese Tage beschreiben, ohne etwas zu erfinden, diese dünne Gegenwart – sie muß wissen, was sie erfahren hat, was sie wahrnahm, was sie dachte –

Ja, ich werde es tun jetzt, endlich, mich stellen meiner eigenen Geschichte. Sie lachte: Ich möchte es können, damit ich's verwinde, ein für allemal. Blick zurück ohne Zorn und ohne Selbstmitleid – ja, nur noch die Hexameter fehlen dazu – ein für allemal.

Und tatsächlich: Das Meer ist nicht perlmuttgrau, die Möwen sind nicht silberweiß, der Sand weder gelb noch grau, nicht einmal das Gras ist grün oder gelb, das leichte Gewölk nicht weiß und nicht beige und nicht violett –

Die anhaltende Unkenntnis der Lage – sie muß ein Ende haben.

Sie braucht die Geschichte zu ihrer Erfahrung.

Nachtrag zum SCHLÜSSEL

Daß mein Vater mich (neben anderen, die er ebenfalls in Kenntnis gesetzt hat), daß er mich, seine Tochter, bittet, mir einzuprägen, wo der Schlüssel liegt, der zu jenem Ort führt, wo das Rezept aufbewahrt ist für das Mittel, das ihm den Tod bescheren kann – bis heute, bis jetzt eben (da ich das grüne Buch durchgehe) stand mir dieses Bild (mit der Prägnanz eines Märchenbildes) nie mehr vor Augen.

Und ich weiß: nicht vom Champagner allein drehte sich mir der Kopf so, daß ich keine Worte fand, wieder einmal, und nichts zu sagen wußte – wie so oft, wenn es drauf angekommen wäre.

Erst am folgenden Tag notiert:

Max zeigte Fotografien von Schauplätzen für den Homo-Faber-Film, sagte, daß er gerne mitgefahren wäre nach Mexiko und vorhatte, der Einladung zu folgen; und lachend dann: Nicht um aufzupassen, daß sie dort alles richtig machten, die bräuchten ihn dafür nicht, aber einfach, um dabeizusein, mitfahren im Jeep, ohne sich selbst um etwas kümmern zu müssen, Arbeitssituation in der Wüste, im Dschungel, ja, das hätte ihm sehr gefallen, aber daß daraus ja nun leider nichts werde, weil –

Die Eintragung bricht hier ab.

Sagte er: Weil die Krankheit / der Krebs es nicht zuläßt / ihm einen Strich durch die Rechnung macht / ihm etwas anderes / eine andere Expedition aufzwingt...

Nichts davon klingt überzeugend nach Max. Möglich auch, daß er selbst den Satz nicht zu Ende führte. Obwohl auch dies nicht typisch für ihn war.

Gekniffen hat er nicht. Sondern sich gestellt, das ja –

Lebenslang wissen wir, daß wir sterben werden, aber nicht, wann und woran, lange im Leben ist es so, sagte er, nun aber habe ich mein Todesurteil erhalten, unklar ist jetzt nur noch der Vollstreckungstermin.

Zum Termin: Mitte Februar 1991, an einem Sonntagabend die Mitteilung eines Freundes aufs Band, daß er am 4. März von Berlin für einen Zwischenstopp nach Zürich komme und, bevor er weiterfliege und für längere Zeit von Europa weg sei, Max noch einmal besuchen möchte.

Nach dem Abhören Max' Blick in die Runde, dann seine Bemerkung: Am 4. März wird er euch besuchen, zu mir wird er am 4. März nicht mehr kommen!

Max' Rechnung: Um genau einen Monat hatte er sich verschätzt.

22. März 1990 Zürich: IM ROTKREUZSPITAL

Spätnachmittags: Max, noch immer völlig bewußtlos, atmet sehr tief und sehr gleichmäßig.

Um 11 Uhr morgens war er ›dran‹. Zwei Stunden habe die Operation gedauert, danach war der Anästhesist noch beschäftigt mit ihm, erst nach 15 Uhr sei er aus dem OP hierher in die Überwachungsstation gekommen...

Er ist sehr bleich und sehr weit weg.

Die OP sei gut verlaufen, höre ich, aber: auch die Leber ist befallen. Nein, daran sei nicht operiert worden.

So wie Max es gesagt hat: Das Todesurteil ist gefällt, ungewiß bleibt der Vollstreckungstermin –

Die Stille hier im Raum. Und er, der dort liegt – wie ein Fremder.

Aber der dort liegt, ist mein Vater!

Trotzdem, er ist mir fremd.

Er liegt, als ob er gefällt sei. ›Ein gefällter Held‹ –

Die Stille, und die Hitze, als ob es kein Ort sei hier – was heißt Rotkreuzspital, was heißt Zürich –

Ich weiß nicht, was ich denken soll. Was kannst du denn? Kann ich ihn mit meinen Gedanken erreichen? Nützt ihm, wenn ich ›gute‹ Gedanken versuche? Was ist gut für ihn – von dir? Was wäre gut aus seiner Sicht?

Die Schwester, die hereinschaut, wirft einen Blick auf die verschiedenen Beutel und Schläuche, prüft den Blutdruck, lächelt mir zu: Alles in Ordnung. Dann geht sie hinter den Vorhang: Auch dort scheint ein Frischoperierter zu liegen, unsichtbar, unhörbar, nur die Schritte der Schwester auf ihrem Rundgang.

Ich schaue meinen Vater an, ich schaue auf die Uhr, wieder zu ihm, immer wieder, ich will ihn mir einprägen; wie schwer es mir fällt – wie langsam die Zeit vergeht. Ich schaue aufs Tröpfeln der Infusion –

Die Hand meines Vaters, eine feine Hand, die Haut nicht pergamenten und ohne Spuren von jahrelanger körperlicher Arbeit, sie liegt auf dem Leintuch; reglos wie sonst nie – Immer sonst ist an ihr zu sehen, wie es um ihn steht, die Unruhe, die Nervosität, unterdrückter Zorn, Überdruß, seine Verzweiflung auch; aber auch: wunderbar großzügige Gesten begleitend, oder Scherze; mehr als seine Worte sind mir seine Hände immer ein Signal gewesen.

Ich lege meine Wange an seine reglose Hand, nur sehr kurz – was tust du, was für ein Kitsch! Ich nehme seine Hand in meine, umschließe sie.

Ich liebe meinen Vater.

Ja, ich liebe ihn. Ich weiß es, mehr als je zuvor. Aber ich kann es nie sagen. Wie kann ich es ihm sagen. Ich kann es nicht.

Hinter dem Vorhang ein Gemurmel und Geräusche von Hantieren mit Leintuch und irgendwelchen Gerätschaften, dann plötzlich bewegt sich der Vorhang, etwas fällt hinein, ein Körper, und plumpst auf den Fußboden.

Ich springe auf, klopfe an die Scheibe zum Schwesternzimmer – sie kommen gerannt, erst eine, dann eine zweite und dritte; zusammen hieven sie den Mann wieder zurück ins Bett.

Er sei aufgewacht und habe die Klingel gesucht; nein, weh habe er sich nicht getan, ganz bestimmt nicht.

Während des hektischen Getriebes nebenan hat Max die Augen aufgeschlagen und verwundert um sich geschaut, fragend.

Mit dir ist alles in Ordnung, Max!, sage ich und lege ihm meine Hand auf die Stirn – worauf er zurücksinkt in seinen Dope-Schlaf.

Aber ganz so fern ist er nun nicht mehr, auch sein Atem ist unregelmäßiger und weniger tief. Und beim nächsten Kontrollgang der Schwester, als sie ihn anspricht, antwortet er bereits, noch von weit her und sehr undeutlich.

Langsam kommt er zurück.

Als mir scheint, er atme nicht mehr tief genug und die Pausen dazwischen seien zu groß, sage ich: Max, atme ganz tief durch!

Ja, ich will ihn zurückhaben.

Der Arzt, der ihn operiert hat, schaut herein, schaut ihn an, schaut auf ihn herab, spricht ihn mit Namen an, worauf Max, ohne die Augen aufzuschlagen, antwortet, als ob er strammstehe: Ja! –

So automatisch wird er geantwortet haben damals, als er Soldat war.

Ja ja, der Herr Frisch, der schläft jetzt ganz fein, sagt der Arzt in fast zärtlichem Ton. (Wieviel abgründiger klingt auf Schweizerdeutsch: De Herr Frisch, de tuet jetzt ganz fein pfüüsele!)

So ist ihm der Frisch recht: wortlos, seiner Macht beraubt! – ich hätt ihm an die Gurgel springen mögen – statt dessen fragte ich nach der OP und erfuhr, was ich bereits wußte.

Wieder allein mit meinem Vater, halte ich wieder seine Hand; darin ist ein leichtes Zucken manchmal zu spüren. Und plötzlich fährt er sich mit der Hand übers Gesicht, greift sich an die Nase – die Sonden scheinen ihn zu irritieren! Ich wage nicht, ihn anzusprechen; ich traue mir nicht zu, ihn mit meiner Stimme besänftigen zu können, nur seine Hand nehme ich und lege sie zurück aufs Leintuch.

Ja, ich weiß es, auch meine Angst wird zurückkehren.

Der Schweiß läuft mir den Rücken und zwischen den Brüsten herab. Ob es überhaupt Fenster gibt irgendwo hinter all diesen Vorhängen?

Ob es schon Abend ist?

Vor allem still ist es hier, ungeheuer still, und sehr heiß.

Daß hier kein Fenster geöffnet werden kann, versteht sich.

Zwei Schwestern sind gekommen, um, wie sie sagen, den Herrn Frisch ein bißchen frisch zu machen. Die eine lächelt mir zu, ob auch ich ihr Wortspiel gelungen finde, und deckt meinen noch immer schlafenden Vater ab, während die andere einen kontrollierenden Blick auf die frische Naht wirft: Alles in Ordnung, Herr Frisch.

Max reagiert nicht auf ihre Ansprache, aber seine Hand greift, tastend suchend, nach dem Leintuch und zieht es wieder über sich.

Herr Frisch, ist Ihnen kalt?

Keine Reaktion.

Wir wollen Sie doch nur ein bißchen frisch machen.

Als die Schwestern ihn erneut abdecken, wieder seine tastende Hand, auch während sie ihn waschen, mehrmals.

Eine der beiden, lächelnd: Herr Frisch, sind Sie en Gschämige (ein Schamhafter)?

Ich erinnere mich nicht, daß ich meinen Vater jemals vorher nackt sah, nicht, solange ich denken kann.

Entblöße ich meinen Vater?

Daß ich seine Grenzziehungen nicht einhielt, hat er mir sehr übel genommen. Sein Zorn, daß ich von seiner Schamhaftigkeit erzählt hatte, daß ich es nicht für mich behielt, sondern mich ausgerechnet jener Person anvertraute, mit der er im Leben nie mehr zu tun haben wollte, kein Wort mehr mit ihr sprechen, auch nichts mehr hören über sie – beinahe hätte ich durch diesen Fehltritt meinen Vater ganz verloren, beinahe hätte er auch mich zu jenen verdammt, die keinen Zutritt mehr hatten zu ihm.

Max hat über seine schamhafte Erziehung (als Kind mit Badehose in der Wanne usw.) geschrieben. Aber: Ich habe ihn nicht gefragt, zum Beispiel warum er in Berzona nie mit uns in die Sauna ging.

Und wenn er seine neuen Domizile zeigte – wie stolz hat er die herrschaftliche Wohnung an der Via de Notaris vorgeführt, damals in Rom! –, nie hat er das Schlafzimmer gezeigt. Er hat sogar verboten, es zu betreten, nicht explizit zwar, aber doch in einem unmißverständlichen Nebensatz.

Einmal, als er weg war, Zeitung kaufen vielleicht oder ein Termin irgendwo, öffnete ich, sehr leise und mit sehr schlechtem Gewissen, die Tür zu jenem Schlafzimmer – und verstand nicht, was mit meinem sechzehn- oder siebzehnjährigen Blick nicht hätte gesehen werden dürfen; ich wußte doch, daß er und Ingeborg sich liebten! Er selbst hatte es mir doch geschrieben, und anzusehen war es ihnen auch, wenn sie beide zusammen waren.

Daß Max schamhaft war bis zuletzt – spricht es gegen ihn?

Entblöße ich nicht sehr viel mehr mich selbst, wenn ich jetzt davon spreche?

Max' Nacktheit, sein nackter toter Körper ist verbrannt, mit seiner Asche ist nach seinem Willen verfahren, was von ihm bleibt, was mir bleibt, ist Erinnerung – die keiner Verhüllung mehr bedarf. Im Gegenteil.

Liebe im Angesicht des Todes:

Nach der Aufführung, Bühnenfassung von Boccaccios *Decamerone,* gezeigt im Deutschen Schauspielhaus Hamburg, fuhr sie nicht sofort zurück, sondern um die Binnenalster herum, parkte vor dem Hotel »Vier Jahreszeiten«, schaute am skeptisch blickenden Portier vorbei ins Entree, stellte sich vor, wie es gewesen sein muß, damals –

Ein junger Herr, schwarzhaarig, der seine Rechnung bezahlt, Einzelzimmer oder Doppelzimmer ist nicht zu hören. Die deutsche Zeitung in seiner Hand beweist nichts. Aber wie er mit der Zeitung gegen seine Schenkel schlägt, zeigt, daß er nervös ist; und, nach seiner Kleidung zu schließen, ein Geck. Andererseits muß nicht jeder Schönling, nur weil er Deutsch versteht, der Geliebte sein von...

Nein! So geht es nicht weiter! Selbstverständlich war es nicht Max, der ›ihn‹ dort erblickt hat, sondern der sehende Gantenbein, den ›blinden‹ stellvertretend, als er Lila, die vielbegehrte Schauspielerin, dort abholt; und sie fragt, als sie auf ihn zukommt, ob sie ihre Rechnung schon bezahlt habe – eine Frage, die sie übergeht, indem sie sich um ihr Gepäck kümmert; und so weiter.

Du mußt an der Wirklichkeit bleiben!

Aber als sie in den Rückspiegel schaut, bevor sie wieder losfährt, erwischt sie sich dabei, daß sie Ausschau hält nach ihm – nach dem ›Herrn mit Weste‹ –, den Max damals im Rückspiegel erblickt haben muß, ohne allerdings sein Gesicht zu sehen, nur seine Hosenbeine und die Hand mit der Zeitung...

Was ist wirklich –

Und außerdem findet diese Szene, sah ich, zurück aus Hamburg, vor dem Vier-Jahreszeiten-Hotel in München statt.

Sie las von ihrem Vater alles noch einmal wieder und ebenso von Ingeborg. Und: Was sie vermutet hatte, fand sie: ihn – überall, in (fast) jeder Figur.

Seine Züge, seine Statur, seine Erscheinung, sie erkannte ihn zweifelsfrei, seine Art des Konversierens, seine Art auch des Nichtzuhörens, des Nichtinteressiertseins an ihren Geschichten, die sie ihm zu erzählen versuchte, seine Unruhe, sein Gehetztsein, und wie er beim Essen die Gläser vertauschte oder die Gabeln, mit einem Bissen Dessert darauf, probieren Sie hier! Selbst das aus heiterem venezianischem Himmel an sie gerichtete ›Nu, mein gnädiges Fräulein!‹ fand sie wieder. Und auch, was er ihr über die Jagd erzählt hatte und wie er es erzählte, die identischen Worte übers Sterben der Tiere, daß er niemals nahe herantrete ans geschossene Wild, damit es in Ruhe sterben könne, ohne den Todbringer zu erkennen –

Sie hatte ihn gefragt:

– Haben Sie im Werk von Ingeborg etwas wiedergefunden von Ihren Gesprächen über Tod und Sterben, haben Sie wiedererkannt, was sie dort im Dreiländereck recherchiert hatte?

– Einiges ja, vor allem im nachgelassenen, zu ihren Lebzeiten nicht veröffentlichten Werk gibt es Spuren davon –

Die hat sie gefunden, daran zweifelte sie nicht.

Nachtrag zum HUMMER IN NEAPEL

Meine Ahnung, daß die Hummer-Inszenierung anläßlich meines Geburtstags eine Wiederholung gewesen sein muß, finde ich bestätigt. (Und daß Max nicht Hummer sagte, sondern Lobster, ist mir beim Lesen wieder eingefallen.) Und ob jene, der die Inszenierung gegolten haben könnte, Ingeborg eben, es vielleicht ihrerseits schon einmal davor in Szene gesetzt bekommen hätte, zum Beispiel von ihm, dem ›Herrn in Weste‹ – zu ihm, der das Essen so sehr zelebriert, würde es passen.

OHNMACHT

Von Spiegeln umstellt, du weißt nicht, auf welcher Ebene du dich grade befindest, nur daß du umzingelt bist; wohin du dich auch drehst, Entkommen gibt es nicht; und wenn du geglaubt hattest, du wärest gemeint mit einer Frage, mit einer Erzählung, einer Empörung, einem Geschenk, dann findest du's wieder, neu arrangiert, in eine Figur verpackt, ein Bild ausstaffierend, als Kontrast fungierend – und siehst dich mißbraucht.

Die Ohnmacht dann –

Darüber zu sprechen mit Max war mir nicht möglich.

Und doch, wenn ich mich in einer Bedrängnis an ihn wandte, war er sofort und vorbehaltlos bereit zu helfen, fast immer. Einmal eine ungewollte Schwangerschaft – finanzielle Hilfe brauchte ich dieses Mal nicht, sondern Unterstützung für meine Entscheidung – wie genau er sich das Problem anhörte, sich um mein Wohlergehen sorgte und, auch das, mir Adressen vermittelte. Aber selbst hierbei, nur für einen winzigen Augenblick: Zeigt er dir und sich, nein, übernimmt er (die Rolle?), probiert er, wie es ist, ein Vater zu sein, ein guter, ein echter, während du ihm grade eben die Geschichte dazu lieferst?

Aus der Kammer hinter jenem Zimmer, das einmal meines war im Haus der Mutter, zog sie Kartons voller Briefe heraus, las sich hindurch, tagelang, erstaunt, überrascht, bestürzt, erschüttert, was alles sie gelöscht und versenkt hat, seit sie die Schweiz verließ.

Auch die Briefe des Vaters, die vor allem –

Daß dies, was sich mir darin zeigt, der Lauf ihrer Geschichte ist!

Und sämtliche Notizbücher schaute sie durch, überflog die Eintragungen, vorwärts und rückwärts, begann zu vergleichen, zusammenzustellen und wieder auseinander, sie sortierte, stellte um, ordnete neu...

Aber je mehr sie ihrer Spur nachzugehen versuchte, um endlich die Wahrheit zu finden, die Wahrheit hinter ihrer Geschichte, desto weiter war sie schon wieder weg, irrlichternd zu jeder Zeit, an jedem Ort – als wäre sie nur greifbar, wenn sie nicht an ihr rührt –

Jahrelang kein oder fast kein Kontakt zum Vater, nicht einmal mehr brieflich – konsequente Verleugnung des Vaters; mit ihm wollte sie definitiv nichts mehr zu tun haben, nie wieder.

Ihre Leben waren so verschieden, ihre Sprachen so

ganz andere, ihre Welten so entgegengesetzt, daß sich zu verständigen unmöglich geworden war. Mehrere Jahre hatten sie es so gehalten.

Aber nun: die auftauchenden Bilder – als hätte sich das ganze Leben nur um ihn, den Vater gedreht, als ob nichts anderes gewesen wäre, keine anderen Bezüge, keine anderen Interessen, nur immer diese Sehnsucht, die es zu unterdrücken und knebeln und leugnen galt.

14. Mai 2001: IM TRAUM

Heute nacht habe ich Dich umarmt, Dich als alten Mann in Deinen letzten Jahren, und ich habe geheult und geflennt im Traum – daß es so ist , wie es war zwischen uns: fern, voller Angst vor Verletzung, und doch immer auch voller Sehnsucht.

Im Traum tat ich es, diese Ferne überspringen, ich konnte es; hemmungslos schluchzte ich in Deinem Arm, mein Gesicht an Deiner Schulter.

Warum nur haben wir es so schlecht gemacht miteinander...

Dein Arm um mich, tröstend und gleichzeitig trostlos, Du sagtest nichts, nichts Neues, nichts, was Du im Leben nicht auch gesagt hättest. Aber ich spürte Deine Resignation und Deine Trauer, ohne Worte. Neue Worte gab es nicht im Traum.

Im Leben: Die Chance haben wir – tatsächlich und unwiderruflich – vertan.

Wir gehen mit unserer Mutter, die uns von der Schule abgeholt hat, zum Pfauenplatz hinab, und während wir gehen, die bange Frage der Mutter (die sie natürlich nicht aussprach, die ich aber noch zu spüren meine, wenn ich uns die Rämistraße hinabgehen sehe, sie in hellem sommerlichem, bei jedem Schritt schwingendem Kleid), ihre Sorge, nicht nur, weil wir spät dran sind, sondern eben auch, was wohl mit Max und jener Schauspielerin sei, deren Name in den vergangenen Wochen herumgeschwirrt war (hatte sie Donna Elvira oder welche sonst gespielt?). Durch den Hintereingang huschen wir, am Inspizienten vorbei, der lachend ankündigt: Die Frischlinge kommen! über die Bühne, das Treppchen hinab in den bereits dunklen Zuschauerraum, wir setzen uns ein paar Reihen hinters Regiepult, wo neben dem Regisseur mein Vater sitzt: Er dreht sich nach hinten, winkt uns kurz zu und legt seinen Finger an die Lippen; er wirkt nervös, auch genervt; und meine Mutter neben mir angespannt stumm.

Aber dann: Licht auf der Bühne, das Spiel beginnt, Auftritt von Figuren in herrlichschönen Kleidern, sie gehen hin, gehen her, sprechen miteinander, reden und scherzen, lachen und drohen, ich verstehe, daß es drunter und drüber geht, ich verstehe natürlich auch warum, wegen der Liebe, was sonst, bis schließlich Degen gezogen werden; der Klang der sich kreuzenden Klingen, das

Tänzerische der Fechtenden, ihre drüber hinweghüpfenden Stimmen, leicht, spielerisch, keck, herausfordernd das Glück, am herrlichsten natürlich der weißschimmernd gekleidete, unwiderstehliche Don Juan (Will Quadflieg), siegessicher alles aufs Spiel setzend, das Leben, die Liebe, die Freundschaft, alles riskierend; und, ach, all die schönen Frauen, alle in verzehrender Sehnsucht nach ihm, dem Verwegenen, der keine wirklich will, nicht als Person und schon gar nicht sie heiraten, nur eben sie alle nimmt, wo sie sich ihm bieten, nebenbei, auf dem Weg zum Eigentlichen, zur herrlichen Geometrie; und Don Juans ungeheuerliches *Nein* (noch habe ich es im Ohr), und als es überhört wird, noch einmal sein *Nein,* überrascht, verzweifelt, daß es nicht ernst genommen wird.

Und das letzte Bild: Don Juan wartend auf seine Gemahlin – nun also doch! –, empört, daß sie noch immer nicht kommt; und als sie schließlich kommt, mit ihrer Unpäßlichkeit kokettierend, schiebt er ihr den Stuhl unter – Mahlzeit!

So das Bild von der Generalprobe, das ich, seit damals, mit mir herumgetragen habe.

Immer mochte ich *Don Juan* besonders, ohne mich je zu fragen: weshalb besonders?

Glanz und Witz des Stücks, der verführerisch heitere Ton, den Abgrund zwischen den Geschlechtern traumtänzerisch überspielend – ich begriff die Absage an die

Ehe darin nicht, die Verzweiflung, die Resignation; im Gegenteil, mir schien ein Versprechen darin zu liegen, daß die atemraubenden Spannungen irgendwann doch sich auflösen würden, daß es möglich sei, Leben in Liebe…

Die zweite Fassung von *Don Juan,* 1964 in Zürich uraufgeführt – in meiner Erinnerung war sie bis eben, bis zur Sichtung der Briefe, vollständig getilgt! Warum?

In meines Vaters Brief vom 4. 8. 64 (den ich jetzt wiedergelesen habe, als ob es das erste Mal sei) der Satz: *Die Welt ist nicht da, Ursel, nur um dir den Hof zu machen…*

Ein Brief voller Zorn und Ärger übers Benehmen der Tochter – kommentarlos sei sie nach der Hauptprobe verschwunden; und auf der Feier nach der Premiere ebenfalls: mehr als enttäuschend – knapp-spröd-herablassend, lese ich, mit schnippischem Gesicht –

Ja, es stimmt, Max hatte recht, so ging es nicht.

Beim Wiederlesen die vage Erinnerung, wie sehr mich dieser Brief verletzt hatte; ein Brief, in dem der Vater der Tochter einen so gnadenlos präzisen Spiegel vorsetzt –

Darum wohl zerriß ich den Brief; das Original jedenfalls existiert nicht mehr; nur der Schreibmaschinendurchschlag im Archiv.

Auch das ›Gespräch über Luxus‹ erwähnt Max in diesem Brief – es war, lese ich, in Sperlonga; dabei bin ich mir so sicher gewesen, wir hätten am Hafen von Neapel darüber gesprochen. In seinen Worten heißt es: *Wir redeten vom Geiz, vom Geizen mit Gefühl, mit Zeigen von Gefühl...*

(Meine Erinnerung hat mich also auch insofern getäuscht, als wir nicht von Rom aus nach Neapel gefahren sind – für einen Ausflug definitiv zu weit! –, sondern wohl eben tatsächlich von Sperlonga aus; also muß die Fahrt im offenen Cabrio über die Via Appia hinaus aus der Stadt ein anderer Ausflug gewesen sein, zu den Etruskergräbern vielleicht.)

Nachtrag zum GEIZEN MIT GEFÜHL

Und noch einmal dreht sich alles um 180 Grad: Nicht nur daß ich ›geizte mit Gefühl‹ – offenbar war meinem Vater doch und trotz allem nicht völlig egal, was ich, seine Tochter, zum Stück und zur Aufführung meinte. Wäre also möglich, daß nicht nur ich taub war, sondern auch er mir, trotz all seiner Sprachmacht, nicht sagen konnte, was er, der Vater, sich von mir, seiner Tochter, wünschte?

Ich erinnere kein einziges Mal (auch dies, mag sein, stimmt so nicht), daß er mich in der Öffentlichkeit in den Arm genommen und mich dezidiert als seine Tochter ausgegeben hätte – stolz auf das blühende Geschöpf, durch das ›er‹ in der Welt ist, hat er, meine ich, nicht zu sagen vermocht, aber geschrieben hat er es, gemünzt auf Gantenbeins (und Lilas) Tochter Beatrice.

Was mir bleibt: Staunen über die Hürden, die die beiden, Vater und Tochter, zwischen sich aufgebaut hatten.

Und: Staunen über die Abgründe, die sich auftun beim Erinnern.

21. Juni 1991: DURCH DEN GOTTHARD

Zwischen Zürich und Bellinzona – unterwegs zum letzten Akt: Max' Willen entsprechend werden wir mit seiner Asche verfahren – Halt auf der Strecke kurz nach Airolo.

War's vor zwei Jahren, daß wir, von Berzona kommend, im Zug den Gotthard nordwärts passierten, oder war es doch erst im vergangenen Herbst?

Max war so fraglos heiter während jener Alpenpassage, nichts schien ihn umzutreiben, nichts schien zwischen uns zu stehen, nichts Unerledigtes, leicht wie selten war es mit ihm zusammen – ja, es muß in seinem letzten Jahr gewesen sein.

Wir saßen im Speisewagen, tranken zum Essen einen köstlichen Wein (Aigle les Murailles, der mit der Eidechse auf dem Etikett!) und plauderten ziemlich unbeschwert, möglicherweise über das Schweizerdeutsch um uns herum. Besonders erinnere ich die schräg einfallende Sonne auf den Felsvorsprüngen und, scharf abgesetzt, die violett-schattigen Runsen; und später, über dem Zuger See, ein Abendrot, als ob der Himmel brennt, und über Zürich dann tiefdunkelrote Theaternacht; und daß wir gelacht haben über diesen Empfang, den ihm die Stadt bietet.

Im letzten Sommer aber – bis heute nicht notiert: Die Spannung, die sich bedrohlich zwischen uns aufgebaut hatte. Ich wußte, ich hatte einen schweren Fehler begangen, nicht aber, worin der Fehler bestand.

Dann, in Berzona, ließ Max es mich wissen – nicht er selbst hat es mir gesagt, sondern es mir sagen lassen: Daß ich jener Person, die er nie mehr zu sehen und kein Wort mehr mit ihr zu sprechen beschlossen hatte, daß ich ihr, ausgerechnet ihr von seiner Operation berichtet hatte, ihr von seiner Schamhaftigkeit erzählt (wer nur hatte es ihm hinterbracht?), daß ich mich mit ihr über ihn ausgetauscht habe, verhindere seinerseits Offenheit mir gegenüber.

Am nächsten Tag: Max saß hinter der Boggia-Bahn im Schatten – dort hätte ich ihn ansprechen sollen. Er starrte vor sich hin, ganz offensichtlich besetzt von etwas, das ihn umtrieb, Gedanken, die ihn nicht losließen, die er drehte und wendete, ohne zu einem Schluß zu kommen. Ich habe ihn nicht angesprochen dort. Ich konnte es nicht. Ja, aus Angst. Aus der immer gleichen Angst.

Erst beim Abschied mein Versprechen, ihm zu schreiben, zu erklären, wie es dazu gekommen ist und warum.

Was ich dann ja tat, von Urbania aus.

An einem milden Septembertag, der Himmel weiß, die Luft staubig, das Sirren einer Motorsäge von irgendwoher, manchmal Bellen von Hunden von umliegenden Höfen und weiter unten ratternd ein Mähdrescher, ging ich, Stift und Papier in der Tasche, über abgeerntete Felder hügelan, um in der Höhe, das Land überschauend, endlich den versprochenen Brief zu schreiben.

Oben das Haus, hinter einer Brombeerranken-Wildnis, zeigte sich beim Näherkommen, war teilweise eingestürzt, eine Mauer fehlte fast ganz; Zimmerwände, pfirsichfarben und hellblau mit weißem Stuck am Deckenansatz, ragten in den Himmel.

Zögernd wegen der Dornen und auch wegen möglicher Schlangen, suchte ich einen Durchgang durchs Gestrüpp; aber, sagte ich mir, so viele Schlangen, wie beschworen werden, kann es gar nicht geben, und sehr heiß war es ja auch nicht mehr – und schon verschwand vor meinen Füßen so ein silbriges Vieh im Gestrüpp.

Ja, es ist wirklich zum Lachen – auch wenn es wirkt wie ziemlich schlecht nachgestellt. (Ich immerhin bin nicht gebissen worden.) Nun erst recht, kämpfte ich mich durch und fand neben der leeren Haustür eine Steinbank – hier würde ich den Brief an den Vater schreiben. Ein Brief, der ihm meine Liebe zu Füßen legen sollte, eine Liebe, lebenslang mir selbst nicht eingestanden, nie wahrgehabt in ihrer Dimension, ihrem Anspruch auch, ein

Brief ohne Angst vor neuer Verletzung, ohne Scham ob der eigenen Unfähigkeit, ein letzter Versuch, ihm die Umwege verständlich zu machen, ihn um Verständnis zu bitten, und ob nicht doch noch etwas gelinge, etwas wie Versöhnung.

Hin und her überlegend, wie es zu bewerkstelligen wäre, mit welchen Worten ich ihn erreichen könnte, womit das lebenslang Ungesagte zu fassen wäre und endlich auszusprechen, alles, das Weggedrückte, das Verschüttete, Totgeglaubte, Worte endlich zu finden für diese uralte Sehnsucht ohne Anfang und ohne Ende –

Mein Heulen und Schluchzen über die Hügel hin, gegen Motorsäge und Mähdrescher an und gegen die Hunde in den umliegenden Höfen.

Der Brief dann, per Expreß abgeschickt, bescherte mir ein Telegramm:

Carissima Ursula, ich danke dir für deinen Brief, der mich betroffen macht, und traurig und froh. Laß uns zusammen in Berzona eine Woche zu zweit…

Es folgen Terminvorschläge und daß es nicht zu spät im Jahr sein solle, weil dann auch spät in seiner Krankheit.

Ich brach meinen Aufenthalt in Urbania ab und fuhr los.

Die Reise zum Vater – Ankunft mit zweistündiger Verspätung wegen Streiks der italienischen Eisenbahner – erzählte ich Max so, wie ich glaubte, daß es ihm gefallen müsse, nein, wie ich ihm zu gefallen hoffte:

Von Urbania per Bus durch waldige Hügel nach Urbino, durch die liebliche Landschaft der Marche hinab nach Pésaro, so weit, so gut, aber nun begann das Warten – mit Blick zwischen Häusern und zerzausten Palmen aufs Meer. Als der stark verspätete Zug schließlich kommt, ein *direttissimo* aus Bari über Bozen nach Norden, ist er übervoll; Süditaliener auf ihrem Weg zur Arbeit. In Bologna steige ich um, in einen ebenfalls verspäteten, ebenfalls sehr vollen Zug nach Mailand. Mehrmals bleibt dieser Zug mitten auf der Strecke stehen, und ob ich den Anschluß nach Como und Bellinzona bekomme, wird, je länger diese Halte dauern, um so ungewisser. Außerdem ist die Luft sehr schlecht im Abteil. Ich trete in den Gang hinaus, auch dort ist es voll, aber die Fenster immerhin sind offen.

Als in den Außenbezirken von Mailand der Zug aus unerfindlichen Gründen wieder stehenbleibt, Blick auf die Uhr: Unwahrscheinlich, daß ich den Zug in die Schweiz noch erwische. Ich schaue mich um: Niemand im Gang wirkt ungeduldig, außer mir, niemand scheint es eilig zu haben. Nur ich. Aber zwischen den vielen Leuten hindurch, die rauchen und reden und aus dem Fenster schauen, sehe ich am anderen Ende des Gangs einen Schwarzen, der locker zwischen Fenster und Abteiltür mehr hängt als steht, ein sehr großer, sehr schwarzer Mann mit einem guten Gesicht, und, für einen winzigen Augenblick nur, treffen sich unsere Blicke; sofort schaue ich wieder zum Fenster hinaus. Es stimmt, ich hatte ihn mir vorgestellt, schwarzer Mann ganz und gar, ganz ohne Kleider, und ich stellte mir vor, wie es wäre; und verbot mir den Gedanken sofort: Du bist unterwegs zum Vater – mit ihm willst du versuchen, ob noch etwas gelingt von dem, was du nicht geschafft hast lebenslang, ob jetzt, im Angesicht seines Todes, vielleicht doch noch etwas möglich würde.

Als Milano Centrale sich endlich nähert, zwänge ich mich mit meinem Koffer zwischen den Leuten hindurch zur Tür und springe als erste hinaus, erwische auch gleich einen Schaffner, der sogar weiß, auf welchem Perron der Zug nach Como fährt, und renne los – das Gleis war leer.

Unschlüssig stehe ich da – irgendwo werde ich erfahren, wann der nächste Zug fährt –, als neben mir einer sagt: Warum hast du's denn so eilig!

Der Schwarze! Er lacht. Ein unverschämt herausforderndes Lachen.

Ach, sage ich, Sie wollten also auch in die Schweiz?

Ja, aber der Zug ist weg! Und da der Zug nun weg ist, nehmen wir doch ein Zimmer in einem Hotel.

Unmöglich, ich muß ganz dringend zu meinem Vater, er erwartet mich.

Dein Vater kann doch warten, und Züge fahren auch morgen noch.

Nein, er kann nicht warten, er ist sehr krank. Und außerdem: Ich liebe meinen Vater.

Und tatsächlich, Max lachte herzlich, und sein Blick war sehr zärtlich.

Was sonst haben wir gesprochen während jener Tage in Berzona? Wieweit war das Erhoffte möglich? Und sind wir noch irgendwohin gefahren? Eher wohl nicht. Könnte sein, das Wetter hatte gedreht, plötzliche tessinische Regengüsse – ich sehe uns in der Loggia sitzen, dem Rauschen in den Kastanien- und Nußbäumen zuhören, hin und wieder wechseln wir Worte, vielleicht lesen wir auch – warum nur ist meine Erinnerung hier so ungenau?

EIFERSUCHT

Das Thema bot ich Max noch einmal an, später, als er bereits sein ›Endbett‹ bezogen hatte, wie er das Pflegebett mitten im Wohnraum nannte, worin zu sterben er entschlossen war. Mitte oder Ende Februar war es, als ich ihm erzählte, daß durch mein häufiges Wegsein von zu Hause zunehmend Eifersucht aufkomme – all die Wochenenden, die ich bei dir in Zürich verbringe!

Max nahm es mit verschmitztem Lachen auf: Du

kannst ihn aber beruhigen, da es ja doch immer derselbe ist, zu dem du hinfährst.

Wie wenig heitere, leichte Situationen ich erinnere, die es ja doch auch gab zwischen uns, zunehmend in den letzten Jahren – warum nur sind mir die fast vollständig verloren?

LETZTE SPAZIERGÄNGE

In Zürich dann, nach Max' endgültigem Abschied von Berzona, ein Spaziergang im Wald oberhalb vom Dolder Hotel, spät im Herbst 1990 muß es gewesen sein, feiner frischer Schnee lag auf den Wegen – ich rutschte mit glatten Schuhsohlen so herum, daß Max sagte, er könne mich leider nicht festhalten, nun müsse er auf sich selbst achten.

Noch einmal erzählte er auf jenem Spaziergang von Ingeborg, noch einmal auch jene Episode mit den täglich frischen Rosen im Zimmer jener Klinik, wo er sie besucht hatte, um sich von ihr zu verabschieden, bevor er nach New York ging. Wie naiv er damals, trotz allem, noch immer gewesen sei, daß er darauf noch immer hereinfiel; aber auch: wie verzweifelt die Ingeborg gewesen sein müsse, daß sie zu solcher Inszenierung gegriffen habe, und er, ja, er hätte alles geglaubt und nichts, absolut nichts kapiert.

Während ich mich an Zäunen oder Büschen, um nicht hinzufallen, entlanghangelte, erzählte ich ihm meinerseits von eigenen Verhängnissen und Verstrickungen und ihrer fatalen Mustergültigkeit, und wir stimmten überein, daß das Fatale nie oder selten das Ereignis selbst ist, sondern in der zwanghaft mustergültigen Wiederholung liegt – trotz aller Versuche, dieser zu entkommen.

Ein anderer Spaziergang, dem See entlang bis zum Zürichhorn: In der ›Fischerstube‹ aßen wir eine Kleinigkeit und schauten uns auf dem Rückweg durch den Park die Kugel aus schwarzem Marmor an, die, so ist es wohl tatsächlich, auf einem kaum millimeterdünnen Wasserfilm schwimmt – noch einmal war Max' Neugier erwacht: Wie kann es sein, daß sich diese tonnenschwere Kugel mit einem Fingerschubs drehen läßt? Welches physikalische Gesetz macht möglich, was fürs Auge unmöglich scheint, was der lebenslangen Seherfahrung geradezu spottet?

Nachdem wir die Kugel in alle mögliche Richtungen bewegt und gedreht hatten, ob wir vielleicht doch irgendeinem faulen Trick aufsäßen, der uns zu Wunderglauben verführen würde, sprach Max von dem, worüber er sich in seinem Leben keine oder kaum Kenntnis erworben hatte; insbesondere auch über naturwissenschaftliche Zusammenhänge, sagte er, wüßte er viel zu wenig. Wenn er, zum Beispiel, mit Herrn von Goethe zusammensäße, den er als Mensch vermutlich nicht gemocht hätte, aber wenn der ihn fragen würde, was es mit der Elektrizität auf sich habe, dann könnte er ihm nicht viel mehr sagen, als daß sie durchs Kabel kommt – das Licht, man knipst es an und aus, wie Elektrizität aber erzeugt wird, mit Turbinen bei Stauseen, ja, oder aus den Atommeilern, aber was genau sie ist... Und was alles er nicht gelesen habe, angefangen bei den Philosophen, und was er unbedingt noch würde wissen wollen, wenn er die Chance dazu hätte. Und wieder sprach er auch vom Tod, von seinem Tod; niemals von Angst oder ähnlich Unwägbarem, aber sehr genau, wie alles sein sollte dann, wenn es soweit ist.

Nein, er sagte nicht: Wenn es soweit ist; sondern wohl eher: Wenn ich gestorben/tot bin...

Nachtrag zum SPAZIERGANG AUF DEM ZÜRICHBERG

Beim nochmaligen Durchsehen meiner Notizen (im großen, grün eingebundenen Buch) finde ich zu jenem Spaziergang, der nicht im Herbst stattfand, sondern erst am 18. Januar 1991, knapp drei Monate vor seinem Tod also:

Auf einigermaßen ebenem Weg vom Zoo aus in Richtung Irchel, Max ging langsam, aber stetig voran – ich nebenher.

Kein Wort von Schnee, kein Wort von meiner Rutscherei! Auch nicht, daß er sagte, er könne mich nicht mehr halten, da er nun für sich selbst schauen müsse. Trotzdem: ich erinnere diese Szene genau, sie steht deutlich vor mir, mit diesen Worten, auch ohne Notiz.

Statt dessen, worüber wir sprachen: Übers Archiv, über den Verlag, über Unseld und Sohn, wieder übers

Archiv und die Aufgabe der Nachlaßverwaltung, die Sorge ums Werk, Sorge auch vor falschem Zugriff usw.

Und: Noch einmal erzählte Max die Geschichte von den Spechten, die in Berzona einen Sommer lang gegen die Fenster flogen und mit ihren Schnäbeln an die Scheiben klopften; erst war es nur einer, später mehrere. Die Lernfähigkeit nicht nur des Individuums, sondern einer Gattung sei offenbar doch gegeben, sagte er, denn was die Spechte veranstalteten, ist zur Futterbeschaffung oder ähnlichem völlig unnütz, aus reinem Spieltrieb haben sie es getan – immerhin etwas wie Hoffnung bahne sich an, Hoffnung, daß Fortschritt vielleicht doch möglich wäre, daß die Menschheit sich selbst zu retten in der Lage sein könnte, durch Vernunft, und vielleicht sogar bereit dazu sei; diese Hoffnung immerhin habe er neuerdings.

Damit antwortete er auf meinen Bericht über die Vorbereitungen zur ersten Interkulturellen Woche in Kiel – von meinem Engagement hatte ich erzählt, daß die Kulturen, aus denen die Migranten stammen, sichtbar werden sollten, hörbar, insbesondere auch ihre Literaturen, und von meiner Empörung über die Arroganz der hiesigen Gesellschaft, aber auch von den zum Teil deprimierenden Erfahrungen als Deutschlehrerin für Fremdsprachige.

Der Tenor unseres Redens: wohlwollend – ohne aber über Früheres zu sprechen, insbesondere ohne die Katastrophe vom vergangenen November noch einmal zu erwähnen.

Jener 23. November begann nicht eigentlich anders als andere Male, wenn ich bei ihm in Zürich war – entnehme ich meinen Notizen:

Noch einmal wieder ging es, vor dem Essen, um die Nichtvorstellbarkeit des Nichts, auch daß er in Träumen manchmal sage: Aber ich weiß doch noch so wenig! Und noch einmal, fast ärgerlich, daß er anstatt Naturwissenschaft, damals Kunstgeschichte studiert habe – natürlich sei wichtig, den gravierenden Unterschied von Goya und Velazquez zu verstehen, aber welche Bedeutung habe dies angesichts der Nichtvorstellbarkeit des Nichts jenseits des Todes!

Was ich kurz vorher bei Octavio Paz zufällig gefunden hatte: Das Verhältnis Sein-Nichtsein in Europa sei ein polares, weil das Nichtsein vom Sein her definiert werde, in den asiatischen bzw. indischen Kulturen jedoch existiere diese Polarität nicht, da das Sein vom Nichtsein her verstanden werde.

Ob Max auf meinen Einwurf eingegangen ist? Ich kann es nicht rekonstruieren.

Vor allem kann ich nicht erkennen, wo genau das Desaster begann.

Was ich überdeutlich sehe: Wir sitzen uns beim Essen (in seiner Wohnung an der Stadelhofer Straße) gegenüber, wir sitzen und essen (wenig) und finden zu keinem Gespräch. Und je länger die Stummheit zwischen uns dauert, je verzweifelter ich nach etwas suche, was die wie eine Schlinge sich um uns legende, zunehmende Härte sprengen könnte, um so schwieriger wird mir, die dringend notwendige Leichtigkeit herzuzaubern –

Damit was?

Absolut nichts fiel mir ein, was ich erzählen könnte, was ihn interessieren würde.

Die Geschichte von meiner kleinen türkischen Freundin, wie sie mit uns zurück nach Deutschland flog, wie es gelang, sie von ihren Eltern in der Südosttürkei loszueisen, von den Schwierigkeiten, für sie ein Visum zu bekommen, dann von ihrem Neubeginn in Deutschland, all das hatte ich Max im Spital bereits erzählt, und er hatte es mit großem Interesse angehört –

Eine tolle Geschichte, und toll, daß du das machst! Gut auch, daß du etwas erzählst, was dir wirklich am Herzen liegt, aus dem realen Leben etwas, hatte er gesagt; nicht wie andere, die angesichts der OP, die er hinter sich habe, ihm im Spital nichts anderes zu berichten wüßten als nur von den eben aufgeblühten Osterglocken draußen in der Stadt, als ob es das wäre, was sie schon immer interessiert habe.

Die verzweifelte Suche nach einer weiteren ›tollen Geschichte‹, mit der ich ihn unterhalten zu müssen glaubte, oder eben die Verfinsterung zu durchbrechen hoffte – während Max, mit furchteinflößend hartem Blick vor sich hin starrend, mir gegenübersaß. Ob ich ihn nach ihm selbst fragen sollte, wie er auf sein Leben schaute jetzt, angesichts des nahen Todes...

Schließlich fragte ich nach seiner Mutter, nach seinem Verhältnis zu ihr – woraus sich der fatale Sprung ergab zu seiner ersten Ehefrau, meiner Mutter, über die er ungehalten zu sprechen begann.

Ich hatte gehofft, dein Blick hätte sich, so kurz vor dem Ende des Lebens, verändert, ja, auf Milde hatte ich gehofft –

Nein, ganz im Gegenteil, angesichts des nahen Todes, sagte er, verstärke sich noch die Radikalität. Natürlich gebe es auch Staunen über ungenutzte Chancen, auch über großen Übermut, aber keinesfalls Reue; auch keine Schuldgefühle und Wiedergutmachungswünsche angesichts des Vergangenen, aber in der Beurteilung nehme die Schärfe und die Härte noch zu, und der Mut, es auch auszusprechen; zum Beispiel eben jemanden auch als Niete zu bezeichnen, und selbst wenn er es zur Tochter ebendieser Person sage. Aber nun sei Schluß damit, er wolle darüber nicht mehr sprechen.

Ja –

Mehr wußte ich nicht zu sagen. Wie ausgelöscht war ich, wieder einmal, nichts, nur undurchdringlicher Nebel um mich; nur daß ich jetzt mal eine Zigarette rauchen gehe auf dem Balkon.

Zurück im Zimmer: Max saß noch immer am Tisch, genauso wie eben, zusammengesunken, mit hartem Blick vor sich hin starrend; ich setzte mich, ihm gegenüber, wieder hin und – ja, ich wollte tatsächlich noch einmal kämpfen mit ihm, kämpfen mit dem todkranken Vater, ich wollte seiner Härte meine gegenüberstellen.

Dabei hatte er doch nur eine Frage an mich – ob ich einverstanden sei mit dem Text für die Todesanzeige, so wie er ihn entworfen hatte – nur dies wollte er wissen von mir!

Mir ist alles recht, sagte ich, ohne genau hingehört zu haben, wie sein Entwurf lautete. Ich respektiere deinen Willen völlig, all deine Überlegungen, wie du was haben möchtest, was du für richtig hältst bezüglich der öffentlichen Figur, stelle ich nicht in Frage...

Die ›öffentliche Figur‹, Ursel, das ist und bleibt dein Problem!

Daß ich meines Vaters verzweifelte Lage nicht sehen konnte!

Sein lebenslanges Bedürfnis, das sich, je näher der Tod kam, noch verstärkt hatte, alles, wirklich alles zu regeln und zu bestimmen, alles Unwägbare zu bannen, endgültige Klarheit zu schaffen bis über den Tod hinaus; daß ich seine krankheitsbedingte Schwäche schlicht ignorierte!

Statt dessen: Max, so völlig blockiert, wie ich nun bin, halte ich es für besser, wenn ich jetzt gehe –

Mit diesem Satz stand ich auf und holte meinen Mantel. Worauf auch er sich erhob und sagte, daß er mir unten noch aufschließen werde.

Im Lift, in meine Stummheit hinein: Danke, daß du mir so geholfen hast!

Wie hätte ich dir denn helfen können?

Er antwortete nicht mehr darauf.

Unten am Tor bei der Verabschiedung meine bange Hoffnung, daß es nicht das letzte Mal gewesen sei.

Er glaube doch, daß es das letzte Mal war.

Sooft ich am nächsten Tag anrief, niemand nahm ab. Auch keine Antwort auf das, was ich aufs Band sprach.

Diverse Briefentwürfe und, falls er doch einmal das Telefon abnehmen sollte, was ich ihm sagen würde – von Reue würde ich sprechen und von Verzweiflung, und ihn bitten, mir noch einmal zu verzeihen, und daß er mir ein Zeichen geben möge, daß dies nicht das Ende sei zwischen uns.

Und als ich ihn plötzlich doch am Telefon hatte, mein Weinen und daß er mir doch um alles in der Welt noch einmal eine Chance gebe.

Nein, Ursel, nicht immer und immer wieder. Mag sein, es ist hart. Ja, und schade, aber es ist so. Jetzt nicht mehr. Es ist zu spät jetzt.

Es kann nicht sein, daß dies das Ende zwischen uns ist, bitte, laß mich nicht fallen, so kann ich nicht weiterleben, bitte!

Es müßte schon ein Wunder geschehen – aber er sehe es nicht, sagte er; und die ›öffentliche Figur‹, das sei nicht seine Sache, mit der müsse ich nun die nächsten 25 Jahre leben.

Was für ein Wunder meinst du denn, was müßte geschehen?

Blumen, die im Winter blühen, Blumen im Schnee...

Im grünen Heft:

29. November 1990: Gelähmt wie in einem bösen Traum, aber es gibt kein Erwachen daraus – der Traum ist kein Traum, sondern unumkehrbar wahr.

Daß ich nicht sehen kann, was tatsächlich ist – mein auf den Tod kranker Vater bittet mich um Hilfe, und ich schlage sie ihm aus!...

Endlich dann der Brief, in dem ich ihn anflehte, mich nicht fallenzulassen auf Nimmerwiedersehen; und von Christrosen schrieb ich, die im Winter wachsen und blühen, und daß dies doch vielleicht das Wunder sei, von dem er sprach, Blumen im Schnee, und daß ich wohl wisse, daß Wahnsinn ist, daß ich ihn um Hilfe bitte, anstatt daß ich endlich ihm auch meine Hilfe biete...

Rom, 5. Juni 1963

Meine liebe Ursula!

Nun schreibe ich also an eine erwachsene Tochter. Dies aber nicht zum ersten Mal, und wir haben ja auch schon so geredet miteinander, nämlich wie zwei Erwachsene, die nicht verhehlen, daß man einander nicht raten kann oder nur wenig. Nun bist Du zwanzig, und das heißt nach Gesetz, daß Du tun und lassen kannst, was Du willst, auf Deine Verantwortung, und ich kann nur wünschen, daß Du dabei Glück hast. Ich kann schon noch etwas mehr; ich kann Dir helfen, und wenn Du das auch glaubst, so wirst Du Dich melden, wann immer Du eine Hilfe brauchst oder Rat, nämlich manchmal gibt es das doch, um so eher, als der Rat nicht mehr ein Befehl ist, nur Anteilnahme. Ich habe Dich sehr lieb, Ursula. Ich will Dich nicht fragen, ob es umgekehrt auch so ist; das läßt sich nicht fordern. Das wird sich zeigen. Ich bin froh, daß Du mich ins Vertrauen gezogen hast, und wenn auch viel Unterschied ist zwischen einem zwanzigjährigen und einem fünfzigjährigen Menschen, wir können sprechen miteinander, glaube ich.

…

Das Gefühl, daß Du meine Tochter bist, wird nicht aufhören, aber ich habe aufgehört, Dich als Kind zu denken, dies nicht wegen Deines Geburtstages jetzt, sondern schon lang und mehr und mehr durch die Hoffnung, daß Du mich verstehen kannst, auch wo ich kein Vorbild bin. Ich lebe nach meinen Möglichkeiten, Deine werden andere sein; ich habe die meinen langsam und schmerzlich herausgefunden, vor allem die Grenzen, und Du wirst die Deinen auch herausfinden durch Leben, durch Schuld auch ...

Vielleicht brauche ich auch Deine Hilfe einmal. Es wird jetzt alles gegenseitiger. Werden wir einander begleiten? Ich hoffe es, Ursel, ich wünsche es; ich bin bereit dafür.

Nachtrag zu den CHRISTROSEN

Warum nur trug ich diesen Brief nicht lebenslang bei mir, sondern hab ihn weggepackt und vergessen mitsamt dem Versprechen und der Bitte darin –

Die Christrosen, die ich zusammen mit dem Brief hatte schicken lassen, soll Max lange Zeit aufbewahrt haben, sogar darum gebeten, sie nicht wegzuwerfen.

Aber es bleibt die Frage, warum Max den Christrosen-Brief und auch jenen aus Urbania (mit der Schlange im Gestrüpp) nicht aufbewahrt hat.

Im Archiv sind sie nicht –

Hatte er nicht mehr die Kraft, sie dorthin zu geben, oder nicht den Willen, das bereits dokumentierte Vater-Tochter-Bild noch einmal umzustoßen, ohne seinerseits Schriftliches zu hinterlassen, was s e i n Bild, seine Geschichtsschreibung ›endgültig‹ wiedergeben würde?

18. Januar 1991 Zürich: VÄTERLICH

Als wir uns, nach einem Imbiß im ›Turm‹, wieder dem Stadelhofen nähern, sagt Max, er müsse sich nun hinlegen. Aber du kannst ja bei mir in der Wohnung bleiben, dir einen Tee kochen und lesen, Bücher sind ja genug da, oder fernsehen, während ich schlafe.

Er sagte nicht: Bleib doch! Aber er sagte auch nichts, woraus zu spüren gewesen wäre, daß er mich loswerden wollte.

Also blieb ich.

...

Spätabends (nach dem Kino), als ich noch einmal in die Wohnung gehe, um dort Deponiertes abzuholen, wacht Max auf, und durch die offene Schlafzimmertür höre ich ihn zu seiner damaligen Partnerin, der letzten, sagen: Und was ist mit der Ursel, sie kann doch auch hier schlafen, Platz ist doch genug.

Seine Stimme, schlaftrunken, fürsorglich, zärtlich, liebevoll.

17. November 2006: DIE EINLADUNG NACH NEW YORK

Sie kam, als ich schwanger war mit meinem Jüngsten.

Daß die Einladung jetzt kam, machte mich traurig. Ich konnte unmöglich fahren jetzt.

Geschrieben hatte mir Max zum Geburtstag (im Juni) aus New York – zweite Hälfte Juli sollte das Kind zur Welt kommen. Unmöglich jetzt, mit dem dicken Bauch!

Irgendwie auch glaubte ich ihm die Einladung nicht ganz. Warum jetzt?

Wie lange und wie oft schon war er in New York gewesen und hatte erzählt, fast immer begeistert. Davon, daß ich rüberkommen sollte, war nie die Rede gewesen. Aber jetzt ganz plötzlich –

Nachtrag zur EINLADUNG NACH NEW YORK

Max' Einladungsbrief nun vor mir: *Das Kind, das du trägst* (so schrieb er), *hat einen etwas verrückten Großvater, was ihm aber hoffentlich nicht schadet, nämlich: ich habe mich noch einmal verliebt, in eine Frau deines Alters –*

Ferner: Er habe eine Wohnung in New York gemietet:

Sehr groß, Central Park West, hoch oben mit einem unglaublichen Blick auf die Skyline. Kommst du für eine Woche? Ich lade dich ein Hamburg / New York / Hamburg. Und du wirst eine Woche lang sehen, was du nicht gesehen hast, und sehen und sehen – Abgemacht?...

Warum bin ich, nach dem Abstillen des neuen Kindes, wie er es vorschlug, nicht hin? Was hinderte mich? Warum hatte ich diese Chance nicht genutzt!

Ich verstehe mich nicht.

Nachtrag zur ZOLLIKERSTRASSE

Ein Bild *en famille* gibt es doch!

Wieder einmal in Zürich, auf einem Spaziergang über den Pfannenstiel, während einer Rast im Restaurant ›Hochwacht‹, als wir unter Bäumen dort saßen, beim Blick hinab zum Greifensee, plötzlich das Bild:

Mit den Velos sind wir unterwegs, mein Bruder im Kindersitz bei der Mutter, ich beim Vater, wir fahren durch die herb-liebliche Zürcher Landschaft, vielleicht sogar war's im Mai, ich meine, blühende Apfelbäume zu sehen; später machen wir Rast im ›Wasberg‹, einer damals sehr ländlichen Gastwirtschaft, wir sitzen draußen, auf Holzbänken unter Bäumen, es gibt Bratwurst (oder Cervelats?), dazu Brot und Süßmost. Zurück fahren wir über die Forch, vorbei am Pflugstein und hinab an den Zürichsee; von dort per Bahn zum Tiefenbrunnen –

KLASSENTREFFEN

Und weißt du noch, sagt meine beste Freundin von damals – sie wohnte zwei Häuser weiter, Zollikerstraße 261 –, wenn wir bei euch im Garten spielten, dann war von oben aus der Mansarde doch immer das Klappern der Schreibmaschine zu hören.

Sie sagt es, nachdem wir uns an unser kindliches Wetteifern damals, wessen Vater der bessere, der wichtigere, der berühmtere sei, erinnert haben. Ihr Vater, erster Hornist im Orchester (der, wenn er übte, mindestens so hörbar war wie meiner, wenn er schrieb), nahm sie manchmal zu Proben ins Opernhaus mit – auf der Brüstung des Orchestergrabens war der Platz für die Musikerkinder; darum beneidete ich sie sehr, obwohl ich ja, wenn die Stücke des Vaters zur Aufführung kamen, ins Schauspielhaus mitgehen durfte, was natürlich nicht so häufig geschah, wie sie in die Oper mitgenommen wurde. Aber mein Vater ist trotzdem größer, soll ich einmal gesagt haben, denn er wird, du wirst schon sehen, ein zweiter Shakespeare sein...

Auch daß wir zusammen ein Stück geschrieben haben, sie und ich, fiel uns wieder ein, eine an Romeo und Julia angelehnte Liebesgeschichte, die, natürlich, nicht mit Tod endete. Auf dem Schulweg besprachen wir, wie es weitergehen könnte, wie die nächsten Szenen sein müßten, und schrieben es nachmittags nieder; und tatsächlich haben wir unser Stück sogar aufgeführt, wozu wir unsere Geschwister und Nachbarskinder mit einbezogen.

Wer hat uns zugeschaut bei der (sicher einzigen) Aufführung? Die Eltern wohl und einige der Nachbarn vielleicht – war auch Max dabei?

Einmal, das weiß ich sicher, war Max dabei: Im zehnten Schuljahr spielten wir mit der Klasse Shakespeares *Cymbeline.* Ich war stolz und überzeugt, daß, was wir zustande gebracht hatten, gutes Theater war. Und glücklich, daß mein Vater, der von Theater doch etwas verstand, es sich tatsächlich anschaute. (Seine Begeisterung hielt sich in Grenzen, sein Kommentar genügte mir nicht: Sehr schön, aber natürlich ganz anders als Theater am Schauspielhaus, mit Schauspielern, die von Berufs wegen spielen.)

Fünfzig Jahre liegen dazwischen. Niemals früher bin ich zu einem Klassentreffen gewesen, kaum jemanden hatte ich je wiedergesehen seither, auch nicht den Klassenlehrer.

Er war sehr jung, frisch von der ETH, also wenig älter als wir, vielleicht zehn Jahre, und sehr engagiert, als er unsere Klasse für die Oberstufe übernahm; außerdem war er bereit, mich weiter in der Klasse mitzutragen, obwohl wegen meiner extremen Schwatzhaftigkeit und vor allem Aufsässigkeit bereits Unterbringung in einem Internat erwogen worden war.

Er glaubte an mich, ohne daß er es mich besonders merken ließ. Ich mußte ihm nicht dankbar sein dafür, daß er bereit war, mich (zweiteinziges Scheidungskind in der Klasse) zu halten, daß er zu mir hielt. Ich erinnere weder, daß ich ihn besonders mochte, noch daß ich ihn nicht mochte. Insofern hatte er es wirklich gut gemacht.

Als ich jetzt in sein altes Gesicht schaute, in seine noch immer halb lustigen, halb schüchternen Augen, erkannte ich ihn sofort, und ich wußte mehr als jemals vorher, daß ich ihm viel verdanke, und freute mich, daß wir beim Essen nebeneinander zu sitzen kamen – bis er sagte, als ob er mir ein Geheimnis anvertraue: Sein Leben lang habe ihn gereut – ja, ›gereut‹ sagte er –, daß er damals nach der Aufführung des *Cymbeline* die Chance nicht genutzt habe, den Max Frisch zu begrüßen und persönlich kennenzulernen, statt dessen sei er, mit scheinbar Wichtigerem beschäftigt, nur kurz nickend vorbeigerauscht.

Da hatte ich es wieder –

Nachtrag zur STELLVERTRETERIN

Jenes verhängnisvolle Essen fand offenbar nicht in Berlin-Kreuzberg statt, sondern in Berlin-Schöneberg, höre ich, und daß niemand am Tisch damals verstanden habe, warum ich derart maßlos in Weinen ausbrach, wo doch nur ganz harmlos gescherzt worden sei; nicht auf meine Kosten, sondern über Max' Humorlosigkeit angesichts der Enge im Zelt und der Knappheit des Essens sei gelästert worden: offenbar war der Proviant, falsch berechnet, knapp auf jener Island-Tour, darüber habe es wohl Differenzen gegeben, was doch mit mir eigentlich gar nichts zu tun gehabt hätte.

FRÄULEIN FRISCH

Max erwähnte den Namen jenes Arztes, der zur Abklärung des Verdachts bei ihm die Darmspiegelung gemacht hatte. Ein Mann deines Alters, sagte er, und daß er sich ihm namentlich vorgestellt habe, ein Name, den er zwar gehört, aber erst wahrgenommen habe, als er ihn auf dem

Schildchen an dessen Kittel las. Ob der möglicherweise ein Sohn jenes Paares sei, mit dem sie (meine Eltern) damals (zu »Terrasse«-Zeiten) befreundet waren, und ob ich von ihm wüßte, ihn vielleicht sogar kenne.

Ja, ich kannte ihn, und auch mit ihm gab es eine sehr frühe, sehr keusche Liebe: mittags nach der Schule trafen wir uns beim Pfauenplatz und gingen gemeinsam, ich meine sogar, ohne uns an den Händen zu halten, die Rämistraße hinab zum Bellevue – wir ergingen uns in Reden über Gott und Selbstbestimmung und Moral (was in seinen ebenfalls wieder ans Licht gekommenen Briefen reichlich dokumentiert ist und in meinen ähnlich gewesen sein dürfte), manchmal wohl auch besuchten wir zusammen das Theater, ansonsten gab es scheue Zärtlichkeit und, mag sein, vielleicht sogar einmal einen Kuß.

Der müsse es sein, sagte Max; denn er habe ihn so angeschaut, als ob er ihm etwas zu sagen hätte – obwohl es natürlich viele gebe, aus deren Blicken zu sehen ist: Sie haben dem Frisch etwas zu sagen, ihre Meinung, eine gute, eine schlechte, meistens das zweite, aber sagen tun es die wenigsten. Gesagt habe auch der nichts. Auch über das, was er bei der Untersuchung sah, schwieg er sich aus. Aber aus seiner Reaktion und daß er fast grußlos hinausrannte, sei deutlich gewesen, was er gesehen hatte. Mitgeteilt habe es ihm dann ein anderer.

Wie diese frühe Geschichte endete, habe ich Max nicht erzählt: Mit einem Brandbrief, in dem er, der damals noch Gymnasiast war, mir Bluff und ähnliches mehr vorwirft, sicher nicht zu Unrecht, vor allem aber schließt mit dem Satz: Und laß die Erscheinung Fräulein Frisch zu Hause, komm als Ursula wieder –

29. März 1992 – bald jährt sich Max' Todestag:
EIN KLEINES KIND

Max ist krank und schwach, und sehr klein. Anfangs stütze ich ihn beim Gehen, später trage ich ihn auf dem Arm, wie ein kleines Kind, so leicht ist er, aber er ist der alte Max.

Es geht ihm sehr schlecht, einmal muß er sogar erbrechen, und auch die Verdauung funktioniert nicht mehr richtig, immer wieder furzt er und macht dazu typische Max-Witze. Auch seine Kleider sind irgendwie in Unordnung geraten, lumpig und lose hängen sie um ihn herum, so daß er mir beinahe aus dem Arm rutscht; und plötzlich schaut er aus einem Loch in der Mauer, eine aus Granitsteinen gefügte wie in Berzona, und auf seinem Kopf hat er eine Mütze, sehr schöpps aufgesetzt und viel zu groß, aber er grinst mir zu, er neckt mich. Laß jetzt das Versteckspiel, es geht dir doch schon schlecht genug, sage ich und ziehe ihn aus dem Mauerloch heraus, vorsichtig, damit er sich nicht verkeilt zwischen den Steinen.

Die Tücher um ihn sind verrutscht und haben sich

gelöst; ich lege ihn auf eine Bank, damit ich ihn neu einhüllen kann.

Dann gehe ich weiter, meinen kranken alten Vater im Arm, der so klein ist wie ein Baby, aber sein Kopf, sein Gesicht ist das alte Max-Gesicht, nur sehr viel kleiner. Ich gehe mit ihm zwischen Leuten hindurch, viele sind unterwegs, hin und wieder bitte ich, daß sie uns durchlassen, daß sie Rücksicht nehmen auf ihn, weil er doch krank ist, sehen Sie denn nicht, todkrank. Einige erkennen ihn, das ist doch der Frisch, und weichen zurück; so daß ich weitergehen kann mit ihm, und manchmal, wenn wir an diesen oder jenen Persönlichkeiten des öffentlichen Lebens vorbeigehen, gibt Max leise kichernd seine Kommentare dazu, die nur ich höre, typische Max-Kommentare, nicht die von der bissigen Sorte, sondern witzige Wortspiele, so daß ich immer wieder lachen muß. Meinen Vater im Arm, gehe ich immer weiter, schwer mit ihm ist es mir nicht, er macht es mir leicht mit seinen Scherzen; nur daß ich weiß, ich muß mich sehr beeilen mit ihm.

Als uns Skinheads entgegenkommen, sehe ich ihr Grinsen und daß sie gleich auf das Bündel in meinem Arm eindreschen werden; aber: ich habe keine Angst vor ihnen, keine Spur von Angst, denn ich weiß, ich muß sie nur entschieden genug ansprechen. In striktem Ton, nicht laut und nur ein einziges Mal, aber deutlich, befehle ich, daß sie es lassen – worauf sie flunkernd, den Rückzug als freiwillige Geste tarnend, abziehen.

Und als wieder viele Leute um uns sind, ein Fest in

einem Park, ein erleuchteter Park mit Bänken, lege ich mein Bündel, das mir nun doch schwer geworden ist, auf eine Bank, eine typisch römische Travertin-Bank; ich muß mich verschnaufen und etwas trinken. Als ich auch meinem Vater davon gebe, da will er doch tatsächlich noch den großen Macker spielen: er will Whisky! Du bist wahnsinnig, eben hast du doch noch gekotzt, und jetzt das!

Im Gedränge, später, oder vielleicht sitzen wir auch wieder auf einer Bank, kitzelt und streichelt er mich; ich bin überrascht, aber nicht erstaunt. Das magst du doch, sagt er zärtlich verschmitzt. Nein, seine Späße stehen in keinem Verhältnis zu seinem gesundheitlichen Zustand. Fast übermütig ist er, alles um uns herum kommentiert er, als ich weitergehe mit ihm; nur eben daß ich weiß, es ist ernst, ich habe nicht mehr viel Zeit, und ich bin doch verantwortlich für ihn! Er ist mir so nah, so vertraut, so ohne jede Distanz, und ganz ohne Angst; nur Sorge habe ich, daß ich nicht durchkomme mit ihm, daß ich es nicht schaffe...

Pfingsten 1997: LIEBE

Berzona, viele Leute sind da, auch meine Kinder, als Max zur Tür hereinkommt, sehr schwach und sehr krank, morgen werde er operiert.

Dann stehe ich in der Küche (die nicht die Berzoneser ist), ich will ihm etwas zu essen kochen, etwas Köstliches, etwas Leichtes, und überlege, was er wohl mag und was ihm guttäte – da werde ich gerufen: Komm schnell! Ich laufe die Treppe hinauf (mit Holzgeländer, also nicht die in Berzona), finde oben im Wohnzimmer meinen Vater – er kommt auf mich zu, wankend, er schaut mich an, sehr vage, aber ich verstehe; ich schließe ihn in meine Arme und sehe, sein Gesicht wird greisenhaft durchscheinend; ich halte ihn fest, mein Vater in meinen Armen, er wird immer kleiner, ich sehe, aus der OP morgen wird nichts mehr und daß er sich jetzt ans Sterben macht; ich halte ihn noch immer, während sein Gesicht sich verändert, dann plötzlich reißt er die Augen auf, wirft den Kopf nach hinten, die Augen sind weit offen jetzt, sie schauen ungeheuer erstaunt, überrascht – ja, das ist das Sterben, ich weiß es, und auch er weiß es (woher weiß ich das eigentlich so genau?), in seinen aufgerissenen Augen sehe ich Helle sich spiegeln (das berühmte gleißende Licht am Ende des Tunnels?); es überwältigt ihn, und mich mit ihm, rauschhaft orgiastisch, das Sterben, mein sterbender Vater in meinem Arm.

Niemand um uns herum nimmt Notiz davon, niemand ahnt das Unaussprechliche, was sich gerade vollzieht.

Ich summe noch einmal das Lied für dich, das du so gerne gemocht hast:

Das Frühjahr kommt. Wach auf, du Christ!
Der Schnee schmilzt weg. Die Toten ruhn.
Und was noch nicht gestorben ist,
Das macht sich auf die Socken nun.

Beim Aufwachen: unendlich frei, und gleichzeitig unendlich einsam: die Liebe – im ›wirklichen‹ Leben konnte ich sie nicht...

Aber im Traum. Jetzt weiß ich es.

11. Juli 1992 Berlin: JA, ICH HABE ES GETAN

Mein Vater liegt, sterbensunlebendig, nicht auf einem Bett, auf etwas wie einer Bahre liegt er oder eher einem Brett, der Raum, in dem er liegt (nicht in seiner Zürcher Wohnung) ist hell und ich – ich zerlege meinen Vater. Ich zerlege ihn in Stücke; mit einer Säge oder doch eher mit einem Messer, es geht ziemlich leicht, fast ohne Widerstand, als ob ich durch mürbes Gebäck schnitte oder durch Baklava, von Blut keine Spur, kein blutiger Saft tritt aus, im Gegenteil, trocken krümelig ist es. Ich zerteile ihn, nicht klein-klein, sondern in handliche Stücke, Unterarm, Oberarm usw., auch den Rumpf zerteile ich; als solche sind die Einzelteile nicht erkennbar, mehr nur weißliche, vollkommen unelastische Stücke, zerfransend an den Kanten, krümelig morsch.

Keine Gerüche, auch keine Tasterinnerung, nur daß er nicht kalt ist, während ich ihn zerteile. Diese Stücke – ich habe sie in blaue Plastiksäcke getan und zugebunden.

Dann Warten, bis man (?) kommt, sie abzuholen; ich warte, als ob es das Selbstverständlichste auf der Welt sei, den Vater zerteilt zu haben. Auch angesichts der Säcke, die nun dort bei der Treppe stehen, graust mir nicht. Erst als ich Schritte höre, als man kommt – nicht Polizeiorgane sind es, die die Treppe heraufkommen, sondern Bekannte, mein Bruder ist dabei, später auch meine Schwester, da plötzlich der Schreck: War er denn wirklich schon tot, als ich ihn zerlegt habe?

Aber: niemand ist erstaunt oder überrascht, daß ich es getan habe; lediglich festgestellt wird, daß es so ist, als ob es sich um irgendeine zu erledigende Arbeit handle.

Im Erwachen: Du hast es getan! Du hast ihn umgebracht – dabei hatte er doch noch gesprochen mit dir!

Ja, irgend etwas hatte er noch gesagt – nur eben was?

Und hatte er dir nicht zugeblinzelt noch, mit einem Auge?

Empörung war nicht mehr zwischen uns, kein Streit, keine Vorwürfe, weder von ihm noch von mir; er wußte es, und ich wußte es auch, wir waren uns einig, es mußte sein.

Du bist es, die ihn umgebracht hat!

Als ich mich endlich wiederfinde, nicht in jenem hellen Zimmer, wo die blauen Säcke standen, sondern bei mir, liegend im warmen Bett:

Erinnere dich doch, wie es war in der Nacht, als Max starb – erinnere dich, wie er in seinem Bett lag, Kornblumenblau die Kissen und die Decke, erinnere dich an das gurgelnde Röcheln beim Atemholen – vom Wasser in der Lunge, hatte die Ärztin gesagt –, dann das Aussetzen des Atems hin und wieder, die Brust, die sich nicht mehr regelmäßig hob und senkte, und plötzlich doch wieder, ein paar Atemzüge lang, schwache Atemzüge, begleitet wieder von Gurgeln; und erinnere all jene, die auch da waren, deine Schwester und dein Bruder und alle anderen um ihn herum, erinnere dich wie es war, als kein Atem mehr ging, die unfaßbare Stille dann, und in seiner Hand, die noch warm war, kein Puls mehr, warm und weich und klein seine Hand, und in seinem Gesicht die unendliche Ferne bereits.

DAS VERHÄNGNIS

Daß jener Herr, dem sie in Venedig begegnet ist, all meinen Berechnungen und allen Recherchen zufolge eben derjenige sein muß, der damals in Rom und anderswo herumgespukt ist als ein nicht zu greifendes Phantom – an dem mein armer Vater mit seiner verdammten Eifersucht fast krepiert ist – heute, ohne Zweifel, würde Max dieser Zufall gefallen – als Konstruktion.

Obwohl ich nicht sicher bin, ob ›gefallen‹ das richtige Wort ist, aber interessiert hätte es ihn schon.

Und wenn ich ihm sagen würde, daß einige der Merkmale, die er dem jungen Geck schreibend verpaßt hatte, dem Herrn in Venedig (warum sage ich nicht einfach: dem alten Geck?) wie aus dem Gesicht geschnitten sind, dann, ja, dann würden wir – was sonst! – in ein Irrsinnsgelächter ausbrechen und anstoßen auf die Unüberbietbarkeit der real erfahrenen Verstrickungen, hinter denen die imaginierten immer hinterherhinken müssen.

Daß wirklich ist – als habe die Wirklichkeit mich mit meiner Geschichte erraten – und ich habe es nicht bloß gedacht –

Aber: Warum bist du so sicher über den Grund seiner Flucht?

Bist nicht du selbst es, die nichts anderes sich vorstellen kann als das Verhängnis?

Wäre nicht auch denkbar, daß er, der Galante, Charmante, dafür keine Worte hat? Daß er nur wortloses Fallenlassen kennt, wie er es vermutlich mit jenen Dingen tut, die er für seine Sammlungen in Besitz zu nehmen erwägt, dann aber doch verwirft? Oder könnte auch sein, daß er durch Verschweigen dir und sich weiteren Gesichtsverlust zu ersparen wünscht, weil er weiß, erfahren, wie er ist, daß derartige Affären leicht zum emotionalen Bumerang werden?

Verletze ich mich am eigenen Wahn?

Ja, sagte sie an jenem ersten Mittag in Venedig beim Aperitif im »Florian« – lachend, um den Schreck zu überspielen –, Sie haben es richtig erkannt: Ich bin die Tochter von Max Frisch!

Postskriptum: Zum Nennen von Namen

Vor den Toten verneige ich mich. Sie haben geschafft, was uns noch bevorsteht: ihren Tod.

Ihre Namen nenne ich, staunend vor dem Unfaßlichen des Lebens mit all seinen Verwirrungen und Verhängnissen und mit manchmal ein bißchen Glück.

Schreiben jedoch über Lebende – niemals! Von Anfang an stand fest, daß ich es nicht tun werde. Und schon gar nicht mit Namen. Und Episoden mit dieser oder jener Person nur, wenn sie ausschließlich auf mich in meinem Verhältnis zum Vater hinweisen.

Mir ist bewußt, daß diese ›Zensur‹ vieles verschweigt und unterdrückt, möglicherweise auch verzerrt, aber weiterhin soll der bekannte Satz gelten: Ich habe nicht mit dir gelebt als literarisches Material.

U. P.
im November 2008

Quellen der Zitate

Michel de Montaigne: Essais. Über das Bereuen. Aus dem Französischen von Hans Stilett. (Eichborn Verlag 1998)

Haidar Kalicha (16. Jh.), aus: Annemarie Schimmel, Nimm eine Rose und nenne sie Lieder, Poesie der islamischen Völker. Aus dem Persischen von der Herausgeberin. (Eugen Diedrichs Verlag 1987)

Abu Said Abul Chair (967–1049), aus: Joseph Freiherr von Hammer-Purgstall, Duftkörner, Aus persischen Dichtern gesammelt. Übertragen vom Herausgeber. (Stuttgart 1826)

Ferner sind einzelne Passagen, Sätze und Wortfügungen, mehr oder weniger genau, übernommen aus:

Ingeborg Bachmann: Das dreißigste Jahr (Piper Verlag 1961)

Malina (Suhrkamp Verlag 1971)

Peter Bichsel: Zur Stadt Paris (Suhrkamp Verlag 1993)

Max Frisch: Mein Name sei Gantenbein (Suhrkamp Verlag 1964)

Montauk (Suhrkamp Verlag 1975)

Tagebuch I & II (Suhrkamp Verlag 1991)

Philip Roth: Exit Ghost (Hanser Verlag 2008)

btb

Ursula Priess

Mitte der Welt

Erkundungen in Istanbul

ca. 200 Seiten
ISBN 978-3-442-75299-7
bei btb im Hardcover im März 2011

Eine Frau ist in Istanbul auf der Suche nach der Mitte der Welt. Was sie findet, sind Geschichten von Künstlern und Schriftstellern, von Gemüsehändlern und Antiquitätenverkäufern, von einem Gefängnisarzt, der Ulysses liest, von einer Fee, die einstmals vom Schwarzen Meer kam. Und vom Geliebten, der die Geliebte Granatapfelblüte nennt – und zum Ende hin fragt: Wirst du später einmal, wenn du über Istanbul schreibst, auch über uns und unsere Liebe schreiben? Und auch von jener Übersetzerin, die weiß: Wer über andere schreibt, sagt am meisten über sich selbst. Ein Buch über Istanbul, über das Schreiben und über die Liebe, »die eben doch sterblich ist; nur in der Erinnerung ewig – oder in guten Geschichten, falls sie gelingen«.

www.btb-verlag.de

btb

António Lobo Antunes

Einen Stein werd ich lieben

Roman. 672 Seiten
ISBN 978-3-442-73760-4

Verschiedene Mitglieder einer verzweigten Familie aus Lissabon erzählen ihre Version eines stets vertuschten Skandals: Fünfzig Jahre lang hat sich der Vater heimlich mit seiner Jugendliebe getroffen. Alle haben es gewusst, nie wurde darüber gesprochen, doch jeder hat auf seine Weise darunter gelitten.

»Nach der Lektüre dieses Romans sieht vieles von dem, was heute geschrieben wird, wie brave Kinderliteratur aus.«
Frankfurter Rundschau

www.btb-verlag.de

12. 6. Bohriesen